SNÖBEKÄNNELSE

ETT URVAL AV LI LIS DIKTER

雪的供词

李笠诗选

李笠——著

作家出版社

目录

序一：异质与本真……1
沈奇
序二：从一首诗出发：读李笠诗歌的戏剧之音……5
柏桦

卷一 这儿，或那里 … 1

迁徙 3 /
午夜太阳 4 /
雪飘落 6 /
斯德哥尔摩，冬天 8 /
北欧音乐 11 /
这里或那里 12 /
孤独 28 /
祖国 29 /
贝阿特丽采 30 /
夜曲 32 /
嘟哝 33 /
重返哥特兰岛 37 /
履历 39 /
自画像 43 /
和中国男人交往 44 /
不死的翻译 47 /
一个中国女人的圣诞之死 49 /
一九九七年元夜的李白 62 /
栖居地 63 /
中国书法 65 /
流亡 67 /
配音 70 /
现在你老了 72 /

卷二

白桦林里的竹子 … 75

白桦林里的竹子 77 /

卷三

雪的自白 … 101

雪的自白 103 /

卷四

走向哭墙 … 123

旅行 125 /

在克里特岛上 126 /

一九八九年冬天的卡夫卡 128 /

在埃及 132 /

印度明信片 138 /

非洲礼物 140 /

在叙利亚一位艺术家家里做客 142 /

走向哭墙 143 /

纽约 144 /

黄昏的帕尔米拉 145 /

远望，或华盛顿街一二八号 147 /

Janpath 酒店的老鼠 149 /

来自阿尔巴尼亚的报告 151 /

Porto Banus 154 /

一生的威尼斯 155 /

瞬间的巴黎 158 /

卷五 天堂光里的生涯 … 159

走入非洲 161 /
罗马生涯的碎片 176 /

卷六 蓝房子 … 189

陪北岛赌 191 /
洞 199 /
二〇〇五年元夜的杜甫 203 /
镜中蝶 204 /
等待戈多 205 /
生存艺术 206 /
午夜肖邦 207 /
二〇〇八年二月二十八日的屈原 210 /
欧洲深处 211 /
蓝房子 212 /
为赫塔·缪勒而作 214 /
我相信漂泊者 216 /
雪夜听《苏武牧羊》 217 /

卷七

爱与水 … 219

无名的非洲女人 221 /
波兰之恋 222 /
波罗的海 225 /
几乎是一首悲歌 227 /
印度女人 235 /
喂 236 /
致一个土耳其女人 237 /
露西安娜 240 /
看女人的十一种方式 241 /
来自床的报告 246 /
为花园的积雪而写 251 /
爱琴海 253 /
在大西洋岸边，或对话 255 /
偷情 256 /
在山下 258 /
逃亡曲，或爱 260 /
废墟上的猫 262 /
死海 264 /
摩洛哥女人 265 /
朗诵没说出的 266 /
西藏女人 268 /
给一个离婚者 270 /
获诺奖诗人的女儿 271 /

卷八 家…273

给洗礼后的西梦 275 /
启蒙时辰 276 /
看，唐朝来了 296 /
情人节为女儿而写 297 /
第四十七个圣诞节 298 /
斯德哥尔摩的鸳鸯火锅 300 /
结婚九周年 306 /
在一起 309 /
夜曲 311 /
没有你们 313 /

卷九 敞开与关闭的门…315

方位 317 /
姿势 319 /
沙子岛，或天上人间 320 /
波罗的海如西湖荡漾 323 /
发现 325 /
雪天里的天鹅 326 /
时差 327 /
另一个我 328 /
我不会一个人喝白酒 329 /
上海来访 331 /
一个人的仲夏节 333 /
在白夜的天空下 335 /
月是故乡明 337 /
康有为寄自瑞典的一封信 339 /
孤岛 340 /
色子的六面，或诗 341 /
燕子，燕窝 344 /
敞开与关闭的门 347 /
梨形池塘 349 /
绿铁丝网 350 /

两座森林 352 /
绿 353 /
世界公民 354 /
雪天听阿兰胡埃斯 355 /
被雪攥住的风景 356 /
冬天的经验 357 /
我的花粉过敏史 359 /
在人群中 362 /
沙巴的萤火虫 365 /
另一种诺奖 366 /
特朗斯特罗姆在倾听 367 /
雪白 369 /

序一：异质与本真

——李笠诗歌艺术简论

沈奇

从北欧起雾的眼神，到故国发烫的呼吸，客态双栖，互证互济——跨越二十世纪八十年代、二十世纪九十年代，及新世纪三个时代的诗人李笠，以其特殊的、东西方穿透性的生存体验、语言体验和时空体验，为现代汉语诗歌的当代进程，提供了一份具有特别价值的诗歌履历。

身居欧洲、中国，进而东西穿行等多元文化语境，行走汉语、英语、瑞典语等多种文化地缘场域，“漂泊者诗人”李笠，以开放的心态和本质的行走，在华丽的物质世界之外，在溃疡的意识形态之外，在生硬的水泥世界之外，在空心喧哗的公共话语之外，兀自特立独行，以其沉郁的诗思和奇崛的意象，深入文化血缘与地缘之纠扭、冲突、盘诘与印证的多向度复杂体验中，敏感而富有张力地表现出一个国际性的“边缘人”和“漂泊者”，对现代社会、现代文明及现代人性中，那最深刻最细密处的忧伤、忏悔与悲悯，从而建构为一个极具代表性的诗性经验世界。

这个经验世界再次向我们表明：现代诗的自由，不仅是解放了的语言形态的自由，更是解放了的人之精神形态的自由。

母语与非母语；地缘与非地缘；“在家”与“在路上”；“异乡人”“狂舞的孤影”（李笠诗句），追梦人迷失的记忆；以及“度己”与“度世”；以及生命的真实与言说的真实：作为文本化的李笠式诗歌写作，一手伸向存在，一手伸向语言，听由“漂泊者”个在的生命波动与生存困惑之本源性驱动，以错位的语感折射文化的错位感，以复杂的语言形式打造复杂意绪的合理容器，以风的自由和铁的明锐，解析灵魂，拷问存在，为越来越平面化的当代中国汉语诗歌，重新找回尖锐而突兀的先锋品质。

——这是另一种意义上的“先锋”：不是为了打捞虚构的荣誉，而是为了抵达生命的真义而安妥一颗漂泊的灵魂，并由此获得真正可称之为跨越性的、具有国际视野和人类意识的诗歌品质。

也许，我们从他的文本中，至今依然不难发现，因意象的迷离和观念的驳杂而导致风格的游离不定，但这都不足以影响到我们对他的作品中，那远离体制和时尚的驯化，出自原生性的发声方式和异质性的精神力量，而裸呈的心音心色之欣赏与感佩，并由衷地慨叹：在诗以及所有艺术性创造活动中，内心的真实与自由，确实比什么都重要。

脉行肉里，行寄影中；别开一界，卓然高致——“它如此真切细微地属于一个人，又如此博大宽厚地属于每一个人”（借用扬之水《诗经别裁》语）。在现代汉诗的谱系坐标中，李笠的存在，无疑是一个不可忽略的亮点，而成为这个时代与未来历史之浓烈的记忆。

二〇一五年四月改定于西安印若居

序二：从一首诗出发：读李笠诗歌的戏剧之音

柏桦

怎样进入一个诗人？这不仅对一般读者或学者是一个难题，对一个诗人同样是一个难题。请允许我再问一遍：你到底是怎样进入一个诗人的？

我想每一个读者（包括诗人）在进入一个诗人之前，都曾有过这样一种共同经验，即我们一般是从一个诗人的一至三首诗开始进入的（当然也有极个别的例外，直接就从他或她的一本诗集进入，而这样的诗人在他或她早期的决定其诗名的阶段，都无处女作，即代表作，这一确定性标志），你一旦从这几首诗完全认同了这位诗人，接下来，你就会迫不及待地去追踪阅读这位诗人，直到读完他或她现有的所有诗作并对他或她终生满怀一种非我莫属的（知音般的）阅读期待。然而，面对如此众多且各具风格的诗人，你为什么着迷于这一个而不是另一个，这同样令人费思量，但一言以蔽之：缘分。

在此，我想稍稍回溯一下我以上所说的阅读经验。在“今天派”诗人中，我对北岛最初的进入，就是因为突然在一九八〇年读到了他的《回答》《习惯》《黄昏：丁家滩》；对欧阳江河的进入是他的《悬棺》；对翟永明则是《静安庄》；对陈东东是《远离》《独坐载酒亭，我们该怎样去读古诗》；对韩东是《二十年前剪枝季节的一个下午》《甲乙》；对于坚是《罗家生》《零档案》。好了，这个清单就不无止尽地开列下去了。让我赶快回到本文的正题，即我是从哪一首诗开始进入到李笠的诗歌世界的？

二〇〇七年冬日的一天，我偶然读到了李笠写于该年十二月二十四日的一首诗《一个中国女人的圣诞之死》，一口气读完，我当场便确认了这位势如破竹、横空出世的诗人，一位如此强力的戏剧化诗人，他写出的不仅仅是一首诗，简直就是一幕小型诗剧：

她：
石头，石头硬的拳头
啪啪坠落
我捂着脸。我想着
容颜——腰

可折，骨可碎
女人最宝贵的东西——脸——不能破
红葡萄酒呵红葡萄酒
你这玫瑰的心
你应滋润爱情
但此刻你却成了暴力帮凶，我猝死的原因
是的，我后悔
为他倒酒！但谁
能够抵挡雪天壁炉的诱惑？
我，一个东方的弱女子
我唯一的抵抗
是摘掉他脸上的
金丝边眼镜——我不想让脸
成为乱箭齐射的靶子
我抱头鼠窜
但猛地被一堵高墙挡住
铁蹄践踏着我的背
我断气的一刻
看见我正坐在深夜家里的电脑前
触摸地球另一头的那个金发男人的嘴唇
但就是他
成了捶击我的榔头

仿佛要把我打造成一件不朽的器具

他：

不是我在捶击，是鼓槌在敲打

战鼓喧天。我杀入敌群

我不知道我那热乎乎的手上

是她的血还是我流的汗。啊，做爱的快感！

她：

我，一个四十七公斤的身子

又怎能承受一个九十公斤重的北欧海盗的捶击

这是一场多么不公平的拳击赛呀

我变成了肉袋

他：

她弄碎了我用两千块钱买来的眼镜

所以，所以我才

揪住她头发

把她从三楼

拖到底楼，直到我把她扔进雪中……

她：

我眼前浮出国内的亲友，告别的场景

——你和他认识多久了？

——一年

——你们是怎么认识的？

——网上

——他长得真酷！

——像好莱坞明星

——他让我去过圣诞。他给我买好了机票

——你为什么不找中国男人？

——三十多岁的女人，谁还要啊？

——他多大？

——五十出头

——有孩子吗？

——他没有结过婚

——哦，这种人你一定要小心……

他：

鹰在鸡的头顶上盘旋。我在

读她，一个东方

单身女人，一个必须用心

翻译的符号

她：

东对西，上对下，天空对大地

心狂跳，血沸腾，嘴就是找不到要说的话

啊，沟通！完美的英语

才能完成一次完美的国际贸易

他：

哎哟，不行了，我受不了了，她说

但我说：宝贝，甭撒娇

你必须学会坚强。坚强，才能够使人完整

她：

好粗，洋人的手！

水磨不停地转动。鸡

被捏住脖子时的痉挛。海潮般迭起的尖叫

他：

交谈？沟通？理解？

但用哪一种语言？

这第三种与抒情和深刻无关！

她：

我把他当成亲人，他把我当作玩物

我把他当成丈夫

他把我视作用钱买来的商品

“几年前……”

他嘻嘻一笑，“在泰国

我一个星期也只要消费五百……”

多么刺心的话

但我把他的侮辱

当作了异国情调，一种中国男人缺少的坦诚

他：

一块精致的丝绸。那里有古老的死刑

你们的工厂为何雇用孩子？

瞧，她噘着嘴，像受了委屈的孩子

她：

祖国，我为你负罪！你怎么会……

出国是为了神圣的爱！但人家

却把我视作低贱的

难民

是啊，你的国家好，那你又为什么要来这里？！

他：

我不是你想象的跳板。但我需要你

这里找不到你这般温顺的女人

春潮带雨晚来急

野渡无人舟自横！

看，我也会吟咏美丽的唐诗

她：

两星期过去了。我独自待在屋里

斯德哥尔摩像一座地狱

我曾经是个快乐的单身贵族——

想泡吧，就泡吧，想旅行，就旅行，想潇洒……但眼下

竟沦落成一个有泪无处洒的妓女

妓女只要卖肉

最多也就再卖点笑

而我不光光是卖肉，还被迫卖笑

当不折不扣的免费保姆——妓女保姆

绿卡呵绿卡！

你是那只我既恨又怕长着黄毛的大手

他：

从死亡中诞生，才是生活的开始

这是你的人生哲学

它裹着你的脚

你无法离我而去

忍吧，发扬孔子“克己复礼”的美德！

她：

他究竟是什么人？

疯子？精神病患者？怪人？魔鬼？

为什么当我温情地说：你衬衣上

有一只洞

他立即暴怒地脱下衬衣，把它扔入烧着的壁炉？

他：

温情是什么？孤独是一切

我在高速公路上突然刹车

是因为你把我的汉堡包

放在了我的公文包上

而我从抽屉里掏出手枪

仅只是为了让你闭嘴。我想安静地独处。和上帝

她：

一个月过去了。我依旧在适应
当他说“我爱吃你做的中餐”
我就会有一种是他母亲的感觉
我的全部价值，就是做好一个贤惠的东方女人
但事与愿违
那天，当我把桌上垃圾
掸到地上，他举手就给了我一个耳光
我哭着上楼——从来没有人
这样对待过我，没有！
难道我是奴隶？牲口？
难道我连牲口都不如？
他的父母在旁边看着我们
若无其事地喝着手上的咖啡。唉，这些人
怎么会这样？
我要回国！明天就回！
不不，不能回国！坚持，坚持就是胜利！
我的亲戚朋友此刻一定在看我
唉，中国人死都不怕还怕
屈辱？况且，况且这并不是屈辱，这只是一个
突发事件，一个小小的冲突
知难而上！他只是孤独惯了，不习惯

别人来打扰他的生活、秩序
不管怎样，挺住！既来之则安之
多不容易啊走到今天这一步分享
同一张床哦对了是他在表格上
写着“我的未婚妻”瑞典是个
福利国家女人和孩子的天堂
我要用中国人逆来顺受的精神
改变这个欧洲金发碧眼心理扭曲的爱……

他：
你从未被这样打过？
你说你父亲是警察？你是他
掌上明珠？但，宝贝，你在这里
在另一个星球，我
主宰着你。死亡知道人质是什么……

此诗的意义一看便知，无需多说，不外乎是讨论东西文明（尤其在细节上）的冲突，甚至由于这各自怪异的细节冲突所引来的二者之间的残忍且恐怖的战争。但我在这里最感兴趣的却是另一个题目：这么长一篇二人对话为什么能自始至终保持住强烈的诗性紧张感？

这便要从李笠诗艺中最重要的技术手段——戏剧化，来认清个中关节。以此诗为例，再统观来看，可以说李笠所有诗歌都具有紧迫逼人的戏剧性特征，这特征由一种李笠特有的直接而干脆的声音（音乐性）带出，譬如这首诗开场两句：“石头，石头硬的拳头／啪啪坠落”，干脆利落的拳头之声若鼓点般急促，它不仅击打着那诗中女主角的身体，也击打着每一个读者的心脏，这一铿锵凶猛的戏剧化动作奠定了全诗的节奏，从此出发，“戏剧性的整体”（布鲁克斯）开始跌宕起伏、一路冲去、义无反顾，且也曲折精细（尤指诗中角色的心理活动）。

戏剧化从某种角度说是现代诗的一个重要技术，艾略特曾在《诗的三种声音》一文中把诗的声音分为三类：“第一种声音是对诗人自己或不对任何人讲话。第二种声音是对一个或一群听众发言。第三种声音是诗人创造一个戏剧的角色，他不以他自己的身份说话，而是按照虚构出来的角色对另一个虚构出来的角色说他能说的话。”这里的第三种声音就是说到了现代诗与浪漫主义的本质区别，诗歌中的“我”不必时时处处都要出场，尤其忌讳无休止地高喊：我！我！我！“我”要隐藏，要分别戴上不同的面具扮演不同的角色，即它要求诗人应分身去成为戏剧演出中的各个角色，或者诗人这个写作主体在一首诗中仅成为一个多声部的交响乐指挥家，径直去指挥舞台上的乐师演奏各自不同的乐器。这又犹如艾略特在《诗的三种声音》中所说：“我听到第三种声音——戏剧的声音——是在我第一次接触到表现两个（或更多的）人物的问题之后，我需要把这两个（或更多的）人物置于种种冲突、误解，或者希望相互理解的试图中，并且为他或她写词的时候尽量使我变成这些人物。”按卞之琳的说法，即我国旧说的意境，也即用西方的戏剧性处境而写来的戏剧性台词，这种小说化、故事化、非个人化的写法容易让写者跳出小我，以他者的目光率领全局。戏剧化的好处是诗人可以将诗写得不是太像诗，口语、书面语、俚语、雅语、插科打诨、叙事、谈话、抒情、政论、哲理等各种书写样式，都可以通过不同人物的谈吐相机入诗。为此，诗人得以从容出入于一首诗的空间，做到最大限度的客观性、间接性与多样性。

李笠这场小型戏剧正是这样演出的，他若一个幕后的导演，安排了两个演员在舞台上通过对话或独白完成了一场张力十足的表演。这个女人死之起因、过程、内心的情结，以及这个男人施暴的起因、过程、内心的情结在此展露无遗。尤其是受虐与被虐的情节，写来让人惊心（产生怪异的联想），读来令人屏息（似就发生在目前）。但作者却一直是以克制的口气在一旁掌控着整出戏剧的进程，扩大并复杂化了他由此诗所引起的感觉能力（借自袁可嘉的一个观点），即作者一边为我们展示了这一对男女的内心的复杂感情，一边又“从事物的深处，本质中转化了自己的经验”（参阅袁可嘉《新诗戏剧化》一文）。在此，我看到了作者两副手腕与眼界——呈现与侦破——在同时交叉进行。另外，读者应注意的是，二人的演出与对话并不是按照那女人从生到死的线性逻辑顺序写来的，虽表面看上去是这么一个顺序。其实，从一开始，那个女人就已经死了，只是她的鬼魂在说话，这样的安排与结构非常巧妙，它不是平面的，而是多棱的，有现实更有幻觉，有人间也有阴间，这种虚虚实实的场面，正是作者大有可为的用武之地，它既可以让作者前后左右、上天入地地姿意写来，也可让我们自然地联系到“人鬼情未了”这一东西共通的文化语境。各种冲突（其中包括文明的、个人怪癖的、命运或虚荣的，甚至作者假借的女主角的可悲言辞与男主角的“雄性”话语）形成了诗的紧张强力，我们也不由自主地跟随作者的笔力达到一个复杂而饱满的“戏剧性整体”，这正是“诗的结论是各种张力的结果——统一的取得是经过戏剧性的过程，而不是逻辑性的过程”（布鲁克斯）。

关于此诗中戏剧化手法的非个人化运用，我在此用最简单的话概括一下：一个人总不能在诗中老这么说，我寂寞呀，我痛苦呀，我冤枉呀……他会借一个东西来说这些，如借一种酒（正如诗中开篇那重要的引出悲剧的葡萄酒），一副眼镜（又正如诗中那置人于死的眼镜）或一件事情（仍然如此诗中那打人致死的事件）。总之要去找你情感的客观对应物来说，这就是非个人化。从此出发，我们也就一眼看出，李笠在这首诗中，一直没有亲临现场，直接评说该事件的是非善恶，他那作为写作的主体是隐藏在男女主角的身后的，他只让人物之间交锋、辩难，并通过倒叙（因那女人一出场开口说话，发出的便是冤魂之声）推进事件的发展，但他又时时闪烁腾挪在人物与事件的前后，仅作为一个随时可以闪开的间接的参与者。这样一来，此诗便出现了三重交响之音，一是女主角的声音，二是男主角的声音，三是李笠作为导演的声音，第三种声音虽在幕后，但仍然依稀可闻，飘飘浮浮，又声声入耳。

当然，在这三重声音中，最重要的是这一对男女从头至尾的对话，这一结构方式很具实验性，因之前我从未见过；但也危险，因这样的结构容易给人单调死板的印象。说来甚是奇异，此诗我每次读过并无丁点这种印象。为什么？后来我读到叶威廉在《中国诗学》一书第二百四十三页上的一句话："把'谈话风格'应用到个人的表达里，可以解决诗中需要的'飞跃'和'隔'的问题。"正是如此，李笠通过这一谈到底的对话结构，解决了"飞跃"的问题，即他可以充分地借诗中男女主角之口漫兴谈来，一时间，任何相关话题，大可到东西文明冲突，小可到个人隐私怪癖，都可见机进入，如此尽性书写，不但不"隔"，又如前面所说，李笠作为导演的声音也依稀可闻。同时，这种李笠式的"谈话风格"的极端运用还无意间吻合了叶公超早在三十年代就指出的一个诗歌戏剧化的重要原则"唯有在诗剧里我们才可以探索活人说话的节奏，也唯有在诗剧里语言意态的转变最明显、最复杂"（参见《叶公超批评文集》，第六十四页，珠海出版社，一九八四）。不是吗？我在阅读此诗时，就被这两个"大活人"说话的节奏所震撼；而所谈内容所导致的语言意态的转变当然也极为明显、复杂，需知：我们随时随地都听得到李笠“导演”闪烁其辞的介入呢，三重奏搅在一起，只有高手才能把持住并分辨出那“明显与复杂”的语言意态。写到这里，又想到闻一多在《新诗的前途》一文中说过的一段话，也正好又可用来证明李笠此诗对话性，甚至小说性的必要与正确：“要把诗作得不像诗……说得更准确点，不像诗，而像小说戏剧，至少让它多像点小说戏剧，少像点诗。……这是新诗之所为‘新’的第一也是最主要的理由。”

再从这首诗出发，我们来看一下李笠诗歌中戏剧化手法的另一个特点，即他不像卞之琳那样在诗歌中玩耍着高难度的人称变化魔法，如卞的《鱼化石》，虽仅四行，但其中的“你”和“我”则变动不拘，让甚至有一定现代诗训练的读者读来也一头雾水，搞不清整首诗的语境中到底谁在对谁说话。李笠不玩卞氏的繁复精微的人称技巧，而是去繁就简，指代清晰，但同样达到戏剧化的最佳效果。他走的是以剧情来推动故事的发展，身手特别敏捷强悍，常常快刀斩乱麻，三言两语便出人意料且直见性命。又譬如这里所引之诗，从头到尾，就以“她”和“他”的对话来推动，人称很稳定，指向也很明确，但戏剧性的冲突赫然在目，靠的就是对话中那激烈碰撞的尖锐矛盾的细节，由于“她”来自这个星球，“他”来自那个星球，因此“他”才会在诗中说“你在另一个星球”之类。这些层出不穷的细节，如其中的一个关键细节——眼镜的摔碎，便引发了突转（Peripety），即悲剧的爆发竟然由那倒霉而好笑的眼镜点燃。

在即将结束本文之前，我要说：李笠有许多短诗我十分喜爱，太多了，就不在此一一列举，但其特别之处，我还是要为读者略略指点出来：精密，深具爆发力，又很神秘地随手留一些空，让读者来填，在直接中透出微妙。他还往往喜欢在诗之末尾发力，若一束强光回照过去，而且又常给人意外又合理的感觉。

李笠的诗有一种直面生死的极端之美，针针见血的细节逼人进入紧要关头，但他的发力又是那样从容不迫、恰到好处，既精准地打击着现实的各部，又让观念充满了夺目的肉感，而诗意几乎全是从地面腾空而起的。

二〇一〇年六月九日

卷一

这儿，或那里

迁徙

飞过雪峰，飞过沙漠，飞过沙漠里的牲口……

落日把它们铸成鬼魂

它们在天上写着树无法读懂的诗行

琴键无法弹出它们翅膀的节奏

它们为翅膀而飞!

它们穿过暴风雪返回乡愁舞动绿芽的南国

一条千里长的线

等待最完美的终点——子弹——从地面上升起

一九九〇年三月

午夜太阳

午夜太阳:

继续走！别停！用晕眩的眼睛摸！

摸到的，是你早已经读到的: 旭日是夕阳

没有奇迹。脚步，扇动的翅膀

仅只是荒野上同一个石化的呼喊

漂泊者:

风在沼泽里狂奔，在灌木里冲撞

在我的肺腔里喘息

蚊群欢唱着用失眠的血涂抹午夜的天际

午夜太阳:

你停在这儿，所以蚊子才叮你

这是最初的语言，超越所有国界

石头缄默。你翻动它们，大地就露出伤口

漂泊者:

一只光的钟舌！一个焚烧的地狱之环！

走！但向何处？朝前

往后，这冷太阳都死死地把我套住

午夜太阳:

那么，你是谁？为什么在这里驻留?

寻找栖地？家园？但这里只有

石头和冰雪。意义?

我们的相遇，最多只能制造弄暗大地的影子

雪飘落

一

不是轻飘的柳絮，是沉重的安魂曲
它紧抱冬天，用零度的白
粉刷医院，并把救命的喊声
堵在一条喘着粗气的干热的喉管

二

一位雪人走来。啊，纯洁的化身！
我点燃蜡烛，塞进它体内
一道鲜红的伤口在深处嘀咕：
“激情早晚都会变成冰冷的泪水！”

三

这些雪必须铲除！脚在打滑

车祸，死亡……最好是远离这里

或相反：反抗。铲子下

细语震耳欲聋："请用更多的恨！"

四

一条空荡的街。我走着。暴风雪

教我怎样生存——低头，沉默

当阴沟喷吐我嘴中的哈气

一片更大的静，猛然间卡住我喉管

斯德哥尔摩，冬天

一

早晨。夜色沉沉。巴洛克风格的广场睡着
喷泉冻结。窗关着——梦在暗自发酵
钟声跌落，把觅食的鸽子溅成飒飒的落叶
但世界很快归寂。仿佛残暴的屠杀
根本没在那堵庄穆的红墙背后发生
雪地上，脚印开花。一串什么也没说明的注脚

二

他们向简化的教堂——车站——走去
一日两次。有时更多。梦想。逼迫。梦想
车里暖似五月。但乘客们个个似冰雕
“别碰我！谁也无法分享我的孤独！”
树孤立着闪过。有人从梦中抬头：

一只巨大的酒瓶——教堂塔尖——伸向窗口

三

地铁车厢静似一座郊外雪覆盖的墓园

只有门上的涂鸦在手拉手放声歌唱:

“孤独——冷漠——地狱——痛苦——绝望……”

一把电吉他闯入，响成扫射的机枪:

“我要用钱去买翅膀！我要用钱……”

一顶礼帽沿车座乞讨。两三颗星星坠落

四

三点。夜降临，把中心广场的冥思柱

燃成一根雪光四射的雄壮的阴茎

图书馆空空荡荡。商店挤满了人

橱窗里，模特比行人表情丰富。他们
睁大眼睛，静听麦当劳从对面的黑暗
发出的呼唤，“吻我，我纯朴的北欧海盗！”

五

于是他们聚成一个桑拿般温热的酒吧
于是一个浑身长肌肉的女权主义者
一把揪住斯特林堡[①]的耳朵。但外面，街上
雪花正围着一幅三点式泳装的广告跳舞
“我操你，上帝，你为何拒绝给爱保险？”
愤懑的酒气一脚踢开大门，隐入卷地的冰风

（赠花俊）

① 斯特林堡，瑞典现代作家，以仇视妇女闻名。

北欧音乐

黑色的森林，滴血的驼鹿，小屋抖颤的烛光

雪橇边唱着海盗之歌

边雕刻悲壮的蛇形碑文

墓地的静。自杀

半醒的天光被沉重的脚步拖入忽到的黑夜

孤独打开癫狂的酒瓶

寻找温暖的冻僵的语言

哭泣着转身。面壁

这里或那里

一

一阵凄厉的叫声。黑暗
如同洞中的蝙蝠
惊散，把心弃在墙上：影子

石器时代的壁画
被追猎的野兽。蜡烛
在燃烧。蜡烛看见自己的心

二

一条镣铐从地图上飞起
变成墙，咧嘴的石狮
石狮掌控的巨大广场

广场上：急切的相机
在追赶阳光。它们
都在墙外。照片上石狮像羊

三

一间租房。一股怪异的气息
在失眠的雪夜将我抱住：
“满足吧，你的家就在这里！”

桌上，钥匙渗出墓穴
指骨的硬冷：“哭是
自杀；越哭，宁静就愈加辽阔！”

四

柔软的金波搂住我漆黑的
头发:“你头发真硬!”
焊接声掰开鱼腥味的泡沫

没有岸。我喘着粗气在游
一条长江里的淡水鱼
在大西洋咆哮的波浪里沉浮

五

铁轨朝天际延伸。旅行
从飞雪中返回:一列穿越疆界的
火车。车轮如听诊器里的

心脏轰鸣，把焦虑压成两个

矛盾的声音:“明天——

那里！”“您，是否坐错了车？”

六

陶罐上那条游了千年的鲤鱼

穿过历史凶恶的洪水

露出我的此刻: 一条

在波罗的海的颠晃的船

蓝黄十字旗拍打着天空

笑我企图逃离象形字的梦想

七

两辆火车面对面朝桥上开去

桥颤抖。桥墩上

涂鸦闪烁: 漂泊毁灭家

岸上，一对男女面对面

坐着，用身子搭建吊桥

他们的中间: 一条胎儿似的鱼

八

我让洗过的鸡在烤箱里趴着

背对天空——如同清真寺

一个做祷告的信徒

“来吧，用你的刀！”

鸡喊道，仰卧盘中。我

切翅膀，发现小时候书上的天使

九

吱咯作响的床。所有语言

都在对月光说着同一句话：

“让雪冷却春天的沟壑！”

嘴血淋淋地张着。喑哑

只有窗外骨白的月亮

才能够完成与黑夜的对话

十

我逃离了一扇打开的门

打开的，都是敲错的

但，有一扇门我必须进去

但敲门，所以找不到

哦，敲核桃的快感。屋子

黑还是亮，都逃不出钟和剪刀

十一

一封波兰来信带来鹅毛大雪

也带来波罗的海的铁色

渡船无法缝上汹涌的裂缝

彼岸是一张天使的照片

但天使在我凝望时转身

变成泡沫——照片背面的空白

十二

思想在泪流尽的时候到来

狗眼比人心要温暖

墙上的裂缝被金框放大

露出激情一再复制的

真相：两副美艳的面具

光着身，用钉子的沉默叠合

十三

我押上语言。车轮碾过
喑哑的脸。“用悔恨
赢回输掉的家园！”我押上泪

搅拌机在星空下歌唱
“用绝望赢回自我！”
我掏出心。骰子刀光一闪

十四

管风琴挥动响鞭，把沉默
赶向一具年轻尸体：“死于幻想
死于我一直想改变的命运！”

死者额上：一眼星亮的弹孔

没人哭泣。十字架

闪烁。如月光下两个纠缠的舌尖

十五

雪落下墓地的静。街铺开

一条长长的尸布："埋葬！"

残缺的脚印列成一串串面具

喜鹊在黑色树上歌唱？

它在无法挣脱的命里——

在雪地里做人，在树梢上写作！

十六

黏稠的黑暗。你呐喊

四周依旧是黑暗。没有耳朵

黑暗深处，权钱在交媾

圆月，这古老的诗意，

显得多么的多余。啊独步?

做神? 哭吧，世界与你无关!

十七

一只苍蝇降至盘中，像景区游客走动

逃亡曲在冬天的小屋里歌唱

我抓起叉子。苍蝇飞起，在空中划零

我打开《米沃什诗选》

苍蝇归来，踏着《邂逅》一诗

音乐熄灭。死亡——一点血污——亮起

十八

候鸟展翅，用逆流划桨的姿势

展示你手中刀叉的欲望

哦，把国籍和姓名填入空白！

来回不停地飞。而越飞

那无边的水晶棺盖就越下垂

每次填写，都是重写同样的地址

十九

火车穿越大雪纷飞的欧洲腹地
我，一个象形字，睡去
梦见轰鸣的火车飞成长城

“离开墙的砖，是砖
留下的砖每块都是长城……”
火车停止。我走出车厢。人不是砖块

二十

脱掉衣服。中午的太阳
把我钉成十字架上的耶稣
纹丝不动，但暗自在飞

玻璃缸里，乌龟向一只灯泡取暖
把脖子伸成纳粹的行礼
阳光在积雪上播洒血色玫瑰

二十一

镣铐卸下她荡秋千的耳环
养身的玉镯。老虎凳！
她的嘴交替透出呻吟与哀嚎

这里有很多未展翅的理想
骷髅。“丫”字形走廊
“一把机枪就能守住这里所有的犯人！”

二十二

四月。乌鸫用温暖的曲子

磨亮北欧傍晚的天空

我坐着它的音乐飞回江南

花园响着我迁移的脚步

我卡在单调的“擦擦”声里

笛声突然掀开头上雪色的盖子

二十三

和盘根错节的记忆

离婚，变成失忆的情人

飞翔，着陆，睡去

被陌生海岸的风

吹醒。同样咸涩的水

垂头。变成记忆的情人

二十四

白天让你目光遨翔的窗子

在夜晚变成一面镜子

锁住你，你鬼魂似的面孔

直到你昏然睡去，用鼾声

给黑暗绘制出一张地图

并在上面标注：这里，就是那里！

孤独

这些我叫不出名字的花朵
在亲切交谈。它们点头。我闻到

它们的语言，奇异的
芬芳——香，在它们的根里

我触摸花瓣。我无法进入
它们的深处。我无法把它们连根拔起

我查出它们属性，闻到
更浓的香。让我默默地站着

但花园门口颤动的竹子
让我跪下。我正说着我童年的语言

祖国

热泪盈眶:“你……是我的……祖国！”

柔唇洞开。牙

咬住一根红肿的手指

一句无疆界的口号

从墙缝里冒出:“请用血来浇灌冻雪！”

贝阿特丽采[①]

发烧的手摸着大理石冰冷的乳房
“贝阿特丽采！”
贝阿特丽采就住在楼上。我们常常在楼梯上相遇

蒙娜丽莎的笑！斯德哥尔摩四月的风
把我吹成佛罗伦萨桥上的但丁：“贝阿特丽采！”
贝阿特丽采挺着大乳向歌剧院走去。没看我一眼

咯吱作响的床搂着午夜地狱的尖叫
将我晃成一棵风暴里的树。我
胀成那个压在她身上的男人。哦，瀑布似的金发！

梦。一条飘舞的长长的红裙。彩虹！
彩虹舞弄龙纹的石阶……

---

① 贝阿特丽采是佛罗伦萨一个富商的女儿，但丁同她在街上遇见过多次，并产生单相思式的爱情。贝阿特丽采嫁给了一个钱商，并早逝。但丁对贝阿特丽采的爱情带有理想化的色彩。在他的《神曲》中，他把贝阿特丽采看作是真、善、美的化身。

我沿着石阶向明亮的云霄爬去。贝阿特丽采!

雷霆滚动。雷霆滚动！不，是急促的敲门声!

我打开房门。啊，贝阿特丽采!

但丁的天使站在我面前，一头散乱的头发

“我深夜找你，是因为我知道只有你能帮我！”

贝阿特丽采躺在我床上: 酥软的大乳

向月光展示一排烟头烙下的雪地里马蹄形的——恨

夜曲

欧菲丽亚在月光荡漾的水面上飘浮：我

找到了自己，一本旧书，那里，反抗的热血已冷却成霉点

哈姆雷特站在岸边：我拼命鼓掌

意味着锋利的牙齿已把星光播入发情的土地

欧菲丽亚的嘴唇发白：我

学会了忍，钻进鼻孔的水是拯救我的远方的寺庙

哈姆雷特蹲下打量黑暗：这些水泡

若不是攥紧的拳头，就一定是欢笑："请让我再死一回！"

嘟哝

一

没什么。是风
撞碎了窗玻璃
它想给我解释
“之间”的含义：
孤绝，焦虑……
手触摸玻璃
也触及远处的
冰河，被冻住的船

二

雪片。我看见
被扔弃的婴孩
闭眼！眼不见

为净。既无玫瑰
亦无红红的伤口
等车的孕妇
用尿布遮住
一张诗意栖居的广告

三

铁轨竖成梯子
插入天际的云层
火车轮回攀爬
门打开。影子
搬迁，但形色
不变。就像站名
或车里的话音：
“哦，我好像来过！”

四

旅行！逃向遗忘
的捷径。目光
流盼，但遇到的
都是旧景：海涛
湖泊，沟壑……
树静立水中。谁
像树一样进入
谁立刻会坠沉深渊

五

继续抽刀断水
哦，借酒消愁！

继续抚摸墓碑

哦，领悟死亡!

在墙与墙之间

风冷冷地低语:

“你是你自己

和另一个人的地狱！”

重返哥特兰岛

一

怀抱废墟的岛屿，我又回到你这里了

你撒出一张鹅卵石街巷的巨网

把我，一个异乡人，当鳕鱼捕获

我在岸上躺着，为自己叫好——当

两艘船擦肩而过时，我没喊“可惜！”

二

旗分开天地。就像这灰色城墙切割着内外

到处是分隔。只有雨在连接一切

雨洒向房屋，也洒向墓地，洒向塔尖

也洒向我黑色的发上。“错！”

是把越界的野草烧成集中营囚犯的发丝

三

我注定失眠，因窗外这片铁色的海水

到处是无形的铁丝网，锋利的关卡

人不管走到哪里，都在回归记忆

看，废墟正融入夜空——它的背景

只有改变记忆，你才能够返回久别的家乡

履历

名字

一个符号。被盘问

将继续被盘问。源

翻译？但翻成何种语言？

雨无法说出雪的冰寒

注定被盘问

像墓地一块被推倒的石碑

地址

在肖邦的夜曲中

或者在随酒一起来的星空里

国籍

恨我，这皮里的

语言——战争不朽的理由?

远方，另一个时间

我一定是你

出生地

海边。面具的天堂

那里，霓虹在追杀着月光

走在阳光下的人

看见暴雨抛撒银币

出生年月

一个结冰的夜晚

“你其实应出生在五月！”

婚否

摸过三朵花

摸到所有的冬天

文化程度

一棵树

我站在它下面。春天！

鸟在唱。我离开时

鸟依旧在唱

鸟，绿叶

它们在我返回时消散

啊多好！我

看见所有枝杈，疤痕！

自画像

脸被晒黑

人说：印第安人！

躲进室内

灵魂低语：混血！

胡子疯长

镜子惊呼：耶稣！

剃成光头

记忆微笑：死囚！

和中国男人交往

——给一个欧洲女人

他来了，你握住他伸出的手

但交谈时别看他眼睛

那里是夜，暴力，癫狂

那里是墙，禁锢，死亡

你被邀请吃饭。记住，别在饭里倒酱油

他会皱眉，想起雪中的屠杀

别问吃的是什么肉。笑

而不答，是他唯一的回答

别在雨天他为你撑伞时说“我爱……”

他会沉默，盯视冒烟的车尾

把爱留给天堂——单人床

他会让你听秦代或战国的鼓声

别先脱！他会瞠目，慌乱

脱吧，假如你，人类的孤独

一定要对爱展示难忍的伤口

他会惊叹："大海，母亲！"

别谈未来！谈转瞬即逝的

现在，潮水，做鱼的技法

他会兴奋，摇头，唱京剧

老生："落花流水……春去也。"

别说你名字，安娜，玛丽

到他耳边，立刻就会变成

欧……耶……啊……啊……

他不会理解，就像中文对你

你的名字很快被遗忘，或更糟，混淆

埃玛变成挨骂，安琪变暗妓

但记忆——你握过的手

仍旧会抱你。犹同你登过的长城

不死的翻译

一泓碧波荡漾的水。白桦在那里泡澡

竹子

也想进入。哦分享!

影子浮动

水泡

请别用“无法翻译”的尖叫

把我推开!

如果我不译——拆卸

或重组;如果你

不这样呻吟

抽搐

新天地

又如何产生?

我听见来自医院的哀求:“杀了我!”

甜美的

瑞典草莓——你的骄傲

终于呈现我流亡的疼痛,一颗滴血的心!

一个中国女人的圣诞之死

她:

石头，石头硬的拳头

啪啪坠落

我捂着脸。我想着

容颜——腰

可折，骨可碎

女人最宝贵的东西——脸——不能破

红葡萄酒呵红葡萄酒

你这玫瑰的心

你应滋润爱情

但此刻你却成了暴力帮凶，我猝死的原因

是的，我后悔

为他倒酒！但谁

能够抵挡雪天壁炉的诱惑?

我，一个东方的弱女子

我唯一的抵抗

是摘掉他脸上的

金丝边眼镜——我不想让脸

成为乱箭齐射的靶子

我抱头鼠窜

但猛地被一堵高墙挡住

铁蹄践踏着我的背

我断气的一刻

看见我正坐在深夜家里的电脑前

触摸地球另一头的那个金发男人的嘴唇

但就是他

成了捶击我的榔头

仿佛要把我打造成一件不朽的器具

他：

不是我在捶击，是鼓槌在敲打

战鼓喧天。我杀入敌群

我不知道我那热乎乎的手上

是她的血还是我流的汗。啊，做爱的快感!

她:

我，一个四十七公斤的身子

又怎能承受一个九十公斤重的北欧海盗的捶击

这是一场多么不公平的拳击赛呀

我变成了肉袋

他:

她弄碎了我用两千块钱买来的眼镜

所以，所以我才

揪住她头发

把她从三楼

拖到底楼，直到我把她扔进雪中……

她:

我眼前浮出国内的亲友，告别的场景

——你和他认识多久了?

——一年

——你们是怎么认识的?

——网上

——他长得真酷!

——像好莱坞明星

——他让我去过圣诞。他给我买好了机票

——你为什么不找中国男人?

——三十多岁的女人，谁还要啊?

——他多大?

——五十出头

——有孩子吗?

——他没有结过婚

——哦，这种人你一定要小心……

他：

鹰在鸡的头顶上盘旋。我在

读她，一个东方

单身女人，一个必须用心

翻译的符号

她：

东对西，上对下，天空对大地

心狂跳，血沸腾，嘴就是找不到要说的话

啊，沟通！完美的英语

才能完成一次完美的国际贸易

他：

哎哟，不行了，我受不了了，她说

但我说：宝贝，甭撒娇

你必须学会坚强。坚强，才能够使人完整

她：

好粗，洋人的手！

水磨不停地转动。鸡

被捏住脖子时的痉挛。海潮般迭起的尖叫

他：

交谈？沟通？理解？

但用哪一种语言？

这第三种与抒情和深刻无关！

她：

我把他当成亲人，他把我当作玩物

我把他当成丈夫

他把我视作用钱买来的商品

“几年前……”

他嘻嘻一笑，“在泰国

我一个星期也只要消费五百……”

多么刺心的话

但我把他的侮辱

当作了异国情调，一种中国男人缺少的坦诚

他：

一块精致的丝绸。那里有古老的死刑

你们的工厂为何雇用孩子？

瞧，她噘着嘴，像受了委屈的孩子

她：

祖国，我为你负罪！你怎么会……

出国是为了神圣的爱！但人家

却把我视作低贱的

难民

是啊，你的国家好，那你又为什么要来这里？！

他:

我不是你想象的跳板。但我需要你

这里找不到你这般温顺的女人

春潮带雨晚来急

野渡无人舟自横!

看，我也会吟咏美丽的唐诗

她:

两星期过去了。我独自待在屋里

斯德哥尔摩像一座地狱

我曾经是个快乐的单身贵族——

想泡吧，就泡吧，想旅行，就旅行，想潇洒……但眼下

竟沦落成一个有泪无处洒的妓女

妓女只要卖肉

最多也就再卖点笑

而我不光光是卖肉，还被迫卖笑

当一个不折不扣的免费保姆——妓女保姆

绿卡呵绿卡!

绿卡是那只我既恨又怕长着黄毛的大手

他:

从死亡中诞生，才是生活的开始

这是你的人生哲学

它裹着你的脚

你无法离我而去

忍吧，发扬孔子“克己复礼”的美德!

她:

他究竟是什么人?

疯子? 精神病患者? 怪人? 魔鬼?

为什么当我温情地说: 你衬衣上

有一只洞

他立即暴怒地脱下衬衣，把它扔入烧着的壁炉?

他:

温情是什么? 孤独是一切

我在高速公路上突然刹车

是因为你把我的汉堡包

放在了我的公文包上

而我从抽屉里掏出手枪

仅只是为了让你闭嘴。我想安静地独处。和上帝

她：

一个月过去了。我依旧在适应

当他说“我爱吃你做的中餐”

我就会有一种是他母亲的感觉

我的全部价值，就是做好一个贤惠的东方女人

但事与愿违

那天，当我把桌上垃圾

掸到地上，他举手就给了我一个耳光

我哭着上楼——从来没有人

这样对待过我，没有！

难道我是奴隶？牲口？

难道我连牲口都不如？

他的父母在旁边看着我们

若无其事地喝着手上的咖啡。唉，这些人

怎么会这样？

我要回国！明天就回！

不不，不能回国！坚持，坚持就是胜利！
我的亲戚朋友此刻一定在看我
唉，中国人死都不怕还怕
屈辱？况且，况且这并不是屈辱，这只是一个
突发事件，一个小小的冲突
知难而上！他只是孤独惯了，不习惯
别人来打扰他的生活、秩序
不管怎样，挺住！既来之则安之
多不容易啊走到今天这一步分享
同一张床哦对了是他在表格上
写着“我的未婚妻”瑞典是个
福利国家女人和孩子的天堂
我要用中国人逆来顺受的精神
改变这个欧洲金发碧眼心理扭曲的爱……

他：

你从未被这样打过？

你说你父亲是警察？你是他

掌上明珠？但，宝贝，你在这里

在另一个星球，我

主宰着你。死亡知道人质是什么……

一九九七年元夜的李白

黄河的落日已在瑞典黑色松林里熄灭

我把酒放在斯德哥尔摩郊外的雪上

月光升起

我喝，凶猛的狗吠变成细语

我喝，野蛮的市场露出我离弃的宫殿

啊，如此之近，家！一个我狂舞的影子

栖居地

废墟是最完美的栖息地
它无门无窗。你可以从不同方向进入（像
灯熄后你向床上的另一个躯体摸去）
并被耳语搂住
你走入废墟。雪飘落
你哆嗦，但死死咬住“这里面真冷！”的叹息
“里”并不存在
一切是“外”，外部，表层，躯壳
深处是闭眼。打坐
你闭上眼睛
一个长得像你的男孩
从燃烧的房屋闪现
他叫喊。但无人听见
火焰吞没窗子
吞没窗帘背后那张哭泣的脸
废墟随火焰上升

扩散，化成城堡

锁住你来回迁徙的脚步

直到黑暗涌出荒草覆盖的门槛

蔓成沉寂的夜空

于是你驻足

躺下，仰卧草丛——这里不再有人名和地址！

中国书法

晨和夜

围着毛笔旋转

变成字，母亲的声音:“一切都在这里

苦练，才能不朽！”

雨抽打着马路，一扇扇关闭的窗户

我带着笔墨上路

我离开了祖国

我在北欧一间林中的小屋写着同样的字

“天和无，为什么如此相似？”

十月的云笑而不答

化作倾泻的

我走着，在无人的路上

教堂墓园拖着一块块巨墨走来

名字，生卒年月……

一切都在这里！

一支轮回了千年的笔——我——在写

天空低头阅览

并很快又铺上一张浩大的宣纸。继续苦练！

流亡

——致特朗斯特罗姆

一

看，船被拖上了岸

远离大海喧嚣的波涛

二

雪白的夜。碧绿的

茶，屋子掌纹般陌生

三

暴雨坠泻。水底

的脸碎成一个个水泡

四

水泡，溺者的喊声

和我们天天待在一起

五

一阵惊恐的叫喊

星空被火车拖入了隧道

六

一节节熄灭的车厢

——旅行和梦幻的棺材

七

两只喜鹊在墓地上

奔跳。那是去年春天

八

湿漉漉的草。风

磨亮的月镰在切割着梦

九

吻。热乎乎的。家

是什么？一阵痉挛的笑

配音

黑暗的配音室。我和几个陌生人在为一部电影

配音。一个十几秒钟的镜头。影片的结局与我无关

我的角色是：替一个长得像我的人说话

“你随便说！”导演对我说

荒野。一辆颠晃的卡车

帐篷走来。他们下车

一张印第安人模样的脸闪现。或一个面具

面具是我。它和身旁一个哭泣的女人（他的女友？妻子？）说话

它在说什么？或者我在说什么？

“让我们从头开始吧！一切都会好的！”

我犹豫。我注意到它说话时的嘴型。它说的不是这句话

女人哭得更加厉害

“悔恨已来不及了！”我猜它说

但句子似乎显得短了一些。他的话比这要长

“你随便说，我们再来一遍！”导演在一旁不耐心地说

荒野。帐篷。一副面具

“与其像鬼那样活着还不如去死的好！”

“Bravo！好！声音可以再大一些好！再来一遍！”

面具。泪

“如果你不想哭，那就让我们立刻去死！”

没有人知道我说什么。无人询问

我走出黑暗。一束强烈的阳光打在我脸上

我被照透：一副语言面具

哦，我是否准确地说出了我？说出面具的痛苦？作品已完成

现在你老了

现在你老了，干瘪松软的乳房下垂——你
一丝不挂，坐在医院浑浊的淋浴房里
垂着头，对着一个为生存而在这里打工的
陌生男人。哀伤，牛望着一把逼近的屠刀

你听见窗外熟悉的鸟鸣，鲜美的春色
展现你半个多世纪前赢得选美比赛的笑颜
台下嫉羡的目光——多少金钱和名声
想接近你，接近此刻在我手中晃动的乳房

沐浴液的泡沫顺着它们快速流淌，流向
你皱褶的小肚，不再闪烁的阴部，那里

我的手来回移动，如暴雨中挡风玻璃上的雨刷

而你僵硬。有时忽然战栗，像是在回忆
又好像是在做梦。哦，这躯体不属于你
它已被叹息转让给了你曾鄙视的现实：死亡

卷二

白桦林里的竹子

白桦林里的竹子

一

远离池塘。远离
池塘边上的茅屋
远离茅屋背后的
青山，山上的雾

远离敲落暮色的
古寺钟声，远离
穿过我进入幽远
的脚步。哦远离！

远离蝉声，远离
滋润我的雨水
远离滋润，母语……

远离。不，一切
都在这里。但
只是不再有气息！

二

摇着铃铛，白桦
在喊：春天来了！
花朵纷纷钻出深渊
争抢阳光。蝴蝶

翩跹。我望着天空
渴！啊雨在哪儿？
我朝地下挖掘
到处是坚硬的岩石！

我眼前忽然浮出
海滩上一只浑身
被石油粘住的水鸟……

一阵隐约的雷声
一声深处的祈祷:
“灭了我吧，春天！”

三

抖动的绿。白桦
有着同样的惶恐
它战栗。就像我
遭暴雪抽打的一刻

它向暖风呼喊，想

拍卖自己的绿焰

拍卖（就像所有的

绿）向风，或虚无

而正是白桦的绿

如此妖艳，像我

记忆中的斧头，我

才悟到：某个东西

想通过我——绿

来揭示生存的秘密

四

一头黑熊走过，说

“这是熊猫食品！”

一头驼鹿走过
“啊，这草真大！”

黑鹂飞来，绕我
三圈，然后栖在
粗大的白桦树上
“你是谁，为什么……”

乌鸦从墓地返回
“朋友，难道你
真的想枯死在这里？”

“我在等，”我说
“在等一只耳朵
听我，一把千年古琴！”

五

那间红木屋，屋里
跳成心脏的烛火
你看它，它就是你
拥有的空。是的，你

在白桦帝国里。你
必须相信白桦。它
摇动铃铛，也就是你
在朗诵唐诗，朗诵

超越疆界的丝绸之路
把你与这片新地
融化为一体。你

不会毁灭。因为你信

寒风里，乌鸦

喊出九月知了的悲凉

六

风暴。白桦在凋零

我一会儿响成扑扇的

翅膀，一会儿响成

牢房的铁镣。松树

也在晃动。我们

彼此无语——绿

射出铁光。风暴

传递足球场上的疯狂

雪飘落。啊谁反抗
白色恐怖？自杀？
乌鸦在演讲。世界

静成水里的落叶：
“你可以在此扎根
但这片土地更热爱我！”

七

我向飞雪高喊：
我是——东方的精神！
雪抖动了一下
隐没在风暴之中

我向大地高喊：

我是——汉语的筋骨！

大地颤抖了一下

躲进银色的被窝

我向天空高喊：

我是——我——竹子！

天空闪烁了一下

一个低沉的回音

从沉沉的深渊飘来：

“你是梦，或一个幻想！”

八

一只奇异的冰箱！

我，命运，站在这里

雪仍在下。蜡烛
点亮远处小屋的孤默

雪溅着唾沫在读我
“听着，你喜欢雪
所以雪国才走向你
让你变成它的一部分！”

是的，我在变，我
温润单薄的声音
已获得冰雪的力量!

我会继续站在这里
自语:“我活着
绿在歌唱。我是诗！”

九

我用墓园的安静
呼吸着这里清新的
空气，想象自己
是湛蓝水上的海鸥

而这时我就是你——
一双没触过雪的手
或一张面朝天空
任雪片亲吻的脸庞

一阵醉人的风——
故乡随混浊的气息
飘来。我不由地

翩然起舞，像一个

夜宿街头的酒鬼

捡到瓶残剩的烈酒

十

我梦见和白桦结婚

生了孩子。他们长得

比我健壮，身上

挂着锋利的匕首

他们会说多种语言

描述雨林，他们用

冰雪短促的语句

模仿蝉鸣，用颤抖

他们更换衣服时

雪，就下成暴雨

雪国就变成江南水乡

他们围着病房的我

用匕首切开我的心

我睁眼。雪光四溅

十一

我需要你，就像你

需要湿润，白桦说

这片土地需要你

就像欧洲的动物园

需要中国的熊猫

我需要你，就像痛
需要鸦片。有你
冬天才不会显得

漫长。我需要你
就像屋子需要门窗
厕所需要一面镜子

听着，竹子，既然
留在了这里，你
就得学我：让皮变白

十二

闭眼，就看见海滩上
自杀的鲸鱼。雪

裹着我，像夜裹着
喘气的爱。我练习

呼吸，感到自由
是我的肺。啊呼吸！
我模仿白桦的冷漠
我沉默。我听见

心脏被切的声音
我战栗。我是盆景
不浇水，就很快会枯死

我唯一的渴望：在
八月南方的山顶
伫立，沐浴李白的月光

十三

一棵十米高的松树
被斩断。倒下的一瞬
发出蝴蝶夫人的咏叹
风景于是开始变化——

天空辽阔起来，积雪
温热如火。这情景
就像有人把一只坛子
放在一座光秃的山顶

哦盆景，打开东方的
钥匙！所有俳句
都在疏朗的枝上歌唱

当“终于有了家！“
刚飞出喉管，盆景
已经失踪。“它颠覆了次序！”

十四

竹篮，我想到了你
是你让我超越我自身
变成东方人痴迷的
易，灵魂转世的凭证

我看到一个个母亲
清早出门，带着我
(像猎人扛着猎枪)
走向晨光喧嚣的市场

我爱装鲜嫩的蔬菜

也爱装滴血的鱼肉

没有血，哪来市场?

但我最喜爱，至今

仍爱着的，是孩子

把我放入水中。捞月!

十五

与肩膀相遇，世界

产生了扁担。喘息

承受起担子，固定

意义被扛起的一瞬

十字架就这样产生

蔓延。在田埂

山道……小心地

怕失去伟大的平衡

啊十字架的用处！

有了它，人才发现

命运，注定的死亡……

十字！当肉体和我

构建不朽的诗意

鸟，更美的十字飞升了

十六

诗在我体内呼吸——

沿着我肉色的空

它一节节向上攀援

从地狱，到天堂

直到我变成一柱

不断喷溅的清泉

直到我展示一列

拒绝载客的火车

我凝视，我的影子

就露出点点枯泪

我书写，我的影子

就蹈成象形文字

诗意栖居大地的

灰烬，不死的幽灵

十七

曾经是笋。风雨
把我翻译成一根
坚硬的骨头——
一支苍翠的竹子

曾经是竹，知识
把我翻译成箩筐
床椅，篱笆……而
我的童年——笋

被人的野心译成
一座凌云的塔尖
雨滴般坠落的炸弹

这就是我的历史

现在和未来。雪

把我擦得金牌般亮

十八

感谢雪，因为它，我

理解了雨；感谢

冰冷的风，因为它

我发现我始终穿着夏衣

感谢开花后结果的

苹果树，樱桃树……

因为它们，我发现

我始终在逃离世俗

它们教我学会了看——

斜视浆果廉价的血

和落叶成功的眼泪

而今我可以闭眼

我战栗，意味着我

又回到了回不去的故土

卷三

雪的自白

雪的自白

一

我向等待雪橇犁出伤痕的大地飘落

我

抖颤，摇摆

翻

滚

旋

转

我必须穿越空虚

才能进入另一个世界

另一个世界是个喧嚣的地狱

“飘吧，坠落，你

才能和大地结合！”洞开的伤口在高喊

二

我飘落，伤口含着我

像含着万能的白药

我随处飘落

我落在垃圾堆成的山上，垃圾

变成银色的金字塔

我落在铁丝网上

铁丝网渗出囚徒的眼泪

我落在松开的拳头上面

我变成掌上的汗珠

无法区分眼泪和

汗水——它们一样咸涩

无法区分铁丝和拳头——两者都让我变形

夜就这样降临

黑暗里

有人把我当作飞舞的音符

但无人看见我正被车轮碾碎

三

一座花园

一具残缺的女尸

她身体的曲线汇集着所有的时装秀

我搂住它

我想把它抱成一尊古希腊的雕像

但奇怪，它抽缩起来

（像油锅里鲜嫩的牛肉）

一个声音

挣脱我，并把我推到一边：

“你能够改变美，但美，无法改变你生活！”

我飘落，前，就是后

我覆盖，黑，就是白

白天就这样到来

大街如裹尸布闪烁

我成了一个被膜拜的暴君，一份

诱人的合同

脚印在上面纷纷签名

为了出名，成功，为了活在当下

一个一岁的孩子于是被拉进了生活

他必须经历

雪暴。哭

没用。脸冻成熟透的西红柿

没用——“走

往前走，前面就是等着你的雪橇！”

他蹒跚前行

摔倒

但摔成被雪埋掉一半的土豆没用。他

必须站起，站成石碑

他站起，摇晃，摔成一只四脚朝天的甲虫

摔成甲虫没用——母亲的传统

挡住了呜呜的哭喊

四

我飘落。事物丧失着自身

难以看清真相

一面映现天空的镜子

我认识它：池塘

奇怪！我贴近的一瞬

忽然被它的清澈化成一只扑火的蛾子

“不用悲伤，你坠落

并消亡

冬天才算完整！”壁炉里燃烧的木柴说

我落在一根黑色枝上

枝条颤抖着弯曲

（像某人在祈祷）

哦，它在回忆果实成熟的时光

还是在等风把我吹走？

一

个女人

打开窗子

把我领进屋里

她说：每次我捕捉你

你都像梦中的蝴蝶消失

告诉我，怎样才能获得你的灵魂

是不是应该屏息，而不是像我这样，用手？

我没回答

我飘落

五

我飘落

落向墓地，落向房屋，落向街上匆忙的行人

脚印彼此噬咬，想成为不朽的诗行

我瀑布般的激情

变成相撞的汽车，流溅的血

没人阻止我坠落，至少我自己

我只有落到地面

才能发现自身的意义

六

我飘落，听见

脉搏病房滴落的盐水

哦，飘入沙漠的感觉是多么奇特！

沙漠没有泡沫的回音，沙漠只有海绵汲水的器官

但我靠幻想沉坠

把泡沫的白

当成走出深渊的五月的苍翠

于是一张嘴

像《圣经》打开

光

从深处喷起：“最初是词！”

于是我变成了积雪

于是践踏向目标飞去

于是痛苦赶上了追问：谁

是我

七

一封撕碎的信在我飘落时恢复了原貌

黑字如伤痕闪现：

“北京

也下起了雪。我开着一辆新买的奔驰

挡风玻璃的雪片下滑的一瞬

我想起斯德哥尔摩昏暗的雪天：我

贴着窗玻璃的面孔

和思索：我

为何在此？我是谁？

是的，我什么也不是

但我却揣着狼的孤独，兔子的惶恐……”

信变成他

和一辆被异国的小路推入午夜的

送报的单车

他上坡时忽然滑倒在地上

车上的报纸

飞成巨大的雪片

他坐在雪地里哭喊

一颗童年的星星从东方闪现，向他俯身

“坚强些，人！

活，就是

做狼，哪怕你生性是兔子。”

他放弃了陌生人护照

他返回了祖国

八

我飘落。祖国

在这里：一座我不会遭铲子践踏的荒岛

啊，谁？

是漂泊者李笠吗？

我听见你在向飞雪的黑夜道晚安？？？

你好，陪我出门的松树！你

老这么沉重，阴郁

你为什么不学学中国南方的杨柳

你好，至今我叫不出名字的灌木！

你就像路边蹲着的民工，但你不会流亡？

你好，小路！我这次穿越时你是否会收起锋利的石头

不再让我流血？

你好，积雪！

感谢你把我这二十年的脚印还我

指出生活的秘密：走，即伤口？

你好，我回眸你就立正的森林

你再三让我变成中国文人无法摆脱的

叹息：

啊，有个知音多好！

假如今夜能在这里和哥们一起喝酒聊天

用汉语交谈多好?！

你好，影子！

你好，孤独！你好，不可翻译！

你好，这次生命！

你好，与汉语无关的迷宫！

你好你好你好你好！我必须

独自穿过这雪夜！我的心在它的尽头吊着？

哦，那么你，你为何如此久地望着窗外

像对着一面镜子?

"因为反抗父亲，我

离开了家——南方

但南方的雨追到北方

因为反抗笼子

我离开了祖国，母语

但北京的雪追到了北欧

哦，反抗! 根的局限

雪橇飞着铺展铁轨

它贴着雪

它没有反抗

天空喷射父亲的威严: 精液

大地屏息

哦，跪着的祈祷!

无法阻挡被剪的果树跳舞

无法阻挡街上的狗屎穿上天使的外衣

九

我飘落，我

飘落过，我还会飘落

我为何停在圣诞树上？因为只好停在那里

海洛因的光泽

（它被当成了福音）

喊出冬天和隐忍的意义：

让火鸡的胸脯露出大海八月的爱！

“我给她一只拳头大的雪球

我说这是梵高的耳朵

她笑

我说这是尼采的耳朵，轮回的象征

她笑得更欢。”

林中斜坡变成美丽的滑梯

雪车欢叫着飞翔

根本不存在锋利的石块和坑洞！

那么，谁又在高谈阔论？

你，一个成功者吗？

看，你终于朝那座斜坡走去……

“在这里不滑雪就对不起生命！”雪橇说

帮你的脚

插上翅膀。一片让人膨胀的银

草已被覆盖

就像被历史抹去的败者

光滑的轨迹——众人踩踏的结果

让你飞成童话里的猎人

而你仍若有所失——你想走

自己的路

你试着在没人走过的雪上滑行

你摇晃，感到温馨的夏草

在用手拉你。是的，你在它身上躺过

但现在是冬天。你很快回到那条光滑的轨迹。飞翔!

十

我飘落，我飘落过，我还会飘落

我落在一个女人的脸上

她闭上眼睛:

“以前每当下雪，我就展开手掌

一颗颗的星星融入我掌心

而今看见雪

我就想打开龙头洗手！”

但另一个她——少女

把我从地上捧起

然后当作棉花糖塞进嘴中

我落在一个孩子的脸上

孩子说：“看，上帝把墓碑化成了雪糕

但没人去品尝！”

我落在一个老头的脚上

老人说：我以前爱踩新雪

但现在只走别人踩过的雪——我怕摔倒

一个坐着轮椅的病人说：

其实雪

和雪

并没有差别

但我总去希望树上的雪

留下，留到四月

门口的雪，我见了便拿铲子

但屋顶的雪，我总视而不见

腰酸背痛的时候，我就看见它们

就从日光灯管从书页从墙角从床单从我的骨髓里渗出

我躺在地上

车轮和鞋子践踏着我

一个个问号——水泡

在我被踩成脏水时浮起：你是谁？

云？飘泊？坠落？流淌？

没有回答

结成镣铐的脚印在地上喘气

它们挣扎着想摆脱某种关系

它们像一张张没有特征的面孔

它们更像一支浩荡的游行队伍

合同上作废的文字

它们在静静啜泣

直到我再次飘落

直到世界

再次变白，静成一个形同佛陀的冰冷的雪人

卷四

走向哭墙

旅行

比黎明醒得早，我——雾中
轰鸣的火车。变形的脸在不住地
颠晃，用车灯与夜做爱的激情
一道充血的目光打开空荡的车站

鸟声用囚徒的母语在窗外涂写
“我现在就想回家！”的啜泣
在钟盘的雪上，爬行，那里
记忆的狼群正噬咬着一个迷路的孩子

在克里特岛上

一

海涛送来枕边的呻吟。天越黑，古堡上这棵倾斜的棕榈
就越像一把插入敌人胸膛的剑。我对脚下的废墟
一无所知，但我兴奋地踩着，宛如一条死尸上翻滚的蛆
我把目光移出地窖，移向天空，移向鄙视人类的虚无
风吹来，把解开衣扣的我吹成蝴蝶。哦，一切在飘！
我吐了口痰。不吐又如何与时间的情人——废墟融为一体？

二

抚摸我，抚摸这千年的孤独。手干净与否并没有关系——
因为很快我也会像周围的大理石男人那样消失
抚摸我！你会摸到山羊的铃铛，死婴的尸骸，绿了又枯的荒草

我已衰老，不再记得哪年哪月，尘粒还是雨滴

飘入我的躯体，一个圆浑、脆弱的肉色虚无

而今我只剩下一个愿望：砸碎自己，一个不会痊愈的伤口

一九八九年冬天的卡夫卡

人流的城堡。他站在车站出口
一双羞涩敏锐的大眼："我叫卡夫卡！"

他向前跨了两步，帮我拿包。"做您导游！"
我惊喜。我跟着他。跟，是阅读

街上到处是没人要的煤——发黑的积雪
有轨电车拖着抑郁的面具叮当在爬

向左。往右。直走。我们穿行大街
我跟着他。我是卡夫卡忠贞的影子

一座金顶建筑。"那是歌剧院！"
"不过，"大师微微一笑，"现在关着！"

老城。广场。一座精美的青铜雕像

“这是哲学家胡斯（Jan Hus），六百年前……”

尼康相机在我胸前歌唱。卡夫卡

低头打量：“这相机……需要多少钱？”

“一千美金！”我说。卡夫卡

两眼发光。世界如轮盘旋转。我在哪儿？

“李，您是否想在这儿喝一杯咖啡？”

大师发现了我的晕眩，他洞察着读者？

奇迹，说到咖啡，咖啡馆就出现在面前：

一栋古老的建筑。我跟着他走入

“把大衣存了。这儿有暖气！”卡夫卡建议，

“还有，你的相机……背着，多重！”

我和大师在一个临窗的桌旁坐下

布拉格浓烈的咖啡展开东西方坦诚的对话

“卡夫卡先生，您到过中国吗？”

“没有。但中国一定是座更大的城堡……”

沉默。咖啡品味着两个陌生人的奇遇

“对不起，李先生！”卡夫卡突然站起

“我父亲正在街对面等我！”卡夫卡

快速离去。卡夫卡就这样一去不再回返！

积雪的查尔斯桥风景如画

我低垂着头，盯着桥下黑暗的流水

一只海鸥飞来，在我头上喊叫着

绕圈:“我是你这辈子永远仰慕的大师!

我拿走了那台让你变成甲虫的相机!

我这样做是让你尽早离开你已迷上的城堡！”

在埃及

船帆收起尼罗河上的落日
“给我父亲一点小费吧！”他轻声低语
四十岁的男人，看上去足有五十
他父亲，一个枯瘦老头
把着橹，静坐船尾
河水流成他脸上的皱纹
我忘掉的黄河艄公在天水间浮出

旅行在继续

颠簸的小路
我骑马进入法老黎明的墓穴
马蹄回荡拿破仑征服埃及的喜悦
“先生，看日出时的金字塔
比看日落时的好。”
昂贵的私人导游说

一个血红的球体，一个

婴儿的脑袋

猛然间从深渊冒出。世界

被两个巨大三角形，两个高耸的乳房

挡住

旅行在继续

屏息走入。黑暗。呛人的汗味

无法读懂的文字在墙上呢喃

感到三千年

就是我此刻屏息的一瞬

感到黑暗

在用香油把我抹成铁色的面具

我突然大口喘气

我爬了出来

我爬了出来

我是个复活的木乃伊。阳光多美！

旅行在继续

一个头顶箩筐的女人

她在慢慢移动。四周的沙漠

拖着一座破烂的村庄扩散

她在原地走动

琥珀里的虫子

她在我盯视时闪烁：一座狮身人面

旅行在继续

哦，需要对沙漠凝望多久

甜美的书房才会闪烁？

钢琴，书架才能从地底下升起？

化石，蜥蜴的足迹
它们时而散成刺眼的阳光
时而聚成我移动的影子

影子是盲人的手
在摸，在阅读
但沙子的《奥义书》扩展成无际

这里没有东西会生长
这里没有东西会枯萎
只有无名
才能在这里找到自己的幸福！

我听见脚步

从地平线上飘来，又像从背后
我凝神，一阵干热的风
擦着我鼻孔

单调的线条和色彩
它们在重复自己的赤裸
它们省去了所有的包装
它们省去了纽约的高楼
它们省去了罗马的教堂
它们省去了北京的宫殿
它们省去了巴黎的商场
它们省去了对春天的期待

我的脸裹着块白布（只露出眼睛）
这是阅读而不受伤害的条件
(在欧洲，会被当作恐怖分子)

这里唯一的恐怖是阳光!

我读到法老用过的香水：一块彩色玻璃

我读到香水的语言：

“抹吧，让肉

闪烁成月光，笼罩两人的棺材！”

一只变形的铝制水壶

一根生锈的表带

一块代表墓地的石块

一座宁静的死亡的天堂!

没人真正读懂我

沙漠说，读懂了，你们就会留在我这里!

印度明信片

他抽动时，我才从三米远的鲜花店里看到他：蓬头垢面
上身裸着，手贴着胸，像做祷告的教徒
他半张着嘴躺在人行道上。一只苍蝇
停在他红肿的眼上
他眼皮微颤了一下。他是否想睁开眼睛，看一只手
如何触摸他，看我头上的蓝天
或相反：看谁在打扰他孤独而宁静的死亡
谁能说出一具肉体无声的思想？噪音在空气里彼此碰撞
他静静地躺着。冒出阴沟的粪水
从他贴地的后背流向耳朵，流向地上一个卖彩票的书摊
他的脸露出海边所有晒太阳的游客。佛，没有这样安详
孤独就这样躺着。苍蝇
从他闭合的眼睛爬向他半张的嘴，匆忙，像下班回家的职员
广告，商店，镀金的佛，蓝天一一熄灭
他在闪烁：

一

个

汉

字

的

“人”

横在

街住

上虚

一静

只的

抓锚

世界在飘。不可理喻，就像从这只沉重的锚边匆匆而过的脚步

非洲礼物

两个布娃娃，一大一小，母亲和女儿

葫芦是她们的头；刀痕

是她们的眼睛、鼻子

没有嘴巴

这是我妻子，一个外交官，从马里带来的礼物

她说那里河面上漂着垃圾

我眼前浮出中国的河流

她说那里不用麻醉

就做切除女婴阴蒂的手术

我看见阴蒂坠成一个个暴死的中国农村的女婴

“那里，产后的妇女

便尿失禁，就会被赶出家门。”

黑人的泪

流成灯红酒绿的东莞妓女

她给我看她拍的一张照片：一群少女

站在尘土飞扬的路边，露出中国民工等活的表情

“她们一无所有！”她说，

“我在一所小学问学生他们最希望得到的是什么，

‘电脑！’

他们回答。但那里连电都没有……”

“这里真好啊！”

她在三岁女儿摸布娃娃时

又感叹了一声

窗外，枝上的苹果在阳光里腐烂

她微笑

今年，我想，她将会平静地度过瑞典漫长的冬天

在叙利亚一位艺术家家里做客

三张巨照：列宁，墨索里尼，切·格瓦拉

刺眼的制服。列宁和墨索里尼手撑着腰

像广场的石头伟人，石头真理

切不是。切不是市场上经常遇到的雷锋像：目光向上

他目光向下，叼着一支雪茄，像一个花花公子

三套制服：杀人与被杀

它们在我细看时对我齐声低语：

“我清晨是孔子，傍晚是如来或庄子！”

但低语很快被客厅里的苏菲舞碾成死寂

死寂疯狂地旋转

像经轮，不，像计时的秒针

直到制服变成海浪里一个起伏的脑袋

一张难以辨认的脸。一个孤独时才能够遇到的真理

走向哭墙[1]

一堵墙壁。上帝在这里!

阳光抚摸它。阳光是最虔诚的朝圣者。墙渗出泪光

苦难在墙上扎根,长成荒草

持枪的士兵和留大胡子的牧师向这里投下同样黑的影子

背诵经文,触抚墙面

又怎能阻挡墙的繁殖?希律王

穿着秦始皇的衣服在新筑的墙上大笑——孟姜女的哭

只是苍蝇碰壁,不会把墙弄倒

我呆呆地站着,像中南海红墙外一个上访农民。墙在疯长

① 哭墙由大石砌成。公元七〇年,罗马帝国皇帝希律王统治时期,数十万犹太人惨遭杀戮,绝大部分犹太人被驱逐出巴勒斯坦地区,耶路撒冷和圣殿几乎被夷为平地,该墙壁为同一时期希律王在第二圣殿断垣残壁的遗址上修建起的护墙。直至拜占庭帝国时期犹太人才可以在每年安息日时获得一次重归故里的机会,无数的犹太教信徒纷纷至此,面壁而泣,“哭墙”由此而名。

纽约

石头蜘蛛网，精美的几何图，帝国的心脏
我在那里旅行，变成蝼蚁。一瓶可口可乐

把我领入一个地下酒吧。那里，垮掉一代的领袖——金斯堡
在用水柔的声音讲禅。他不再嚎叫

帝国脚下，受欺负的沙漠在繁殖着恨
直到讲阿拉伯语的石油把客机化为复仇的导弹

泪从时代广场的巨大的广告流出
涌向最精美的几何——一个钢十字架，爱，苏醒了

黄昏的帕尔米拉①

七百五十根闪着金辉的残柱。我触摸它们
忘了附近正关着三名反政府的叙利亚诗人

贝勒神殿！一个比故宫更辉煌的建筑
三百九十根米黄色柱子如今只剩下了七根！

它万万没料到自己会变成教堂
它万万没想到之后又会变成一座清真寺

啊变！扎努比亚女王用反抗建造的
沙漠明珠，转瞬间化为一片哭喊的废墟

一抹残骸。长安与罗马之间的贸易
中转站！那些精致的神像又去了哪里?

---

① 帕尔米拉（Palmyra）是叙利亚境内古代“丝绸之路”的古城，公元前一世纪，帕尔米拉曾发展成为联系波斯湾和东方各国及地中海、西方各国的贸易心。二〇〇八年十一月笔者有幸涉足这一举世闻名的废墟城。

落日点燃那把罗马人放的大火。我伫立

地上的影子浓烟般蔓延，想化为黑夜

没有人能够回答命运究竟是什么

风吹在脸上，你无法说出风吹来的方向

远望，或华盛顿街一二八号

顶层。全景窗。朝向艳丽的大海
它凌驾一切。它几乎在天上
就像明代高出民居的紫禁城

教堂像侏儒，卑微的民工
钟声，它的发言权，把旧社会
敲响成此刻：有人结婚，或有人死了

但你听到的更多是刺心的警笛
比钟声亢奋。一张老脸
从少女的腿间睁眼："谁在乱法？"

一朵莲花——恶魔岛[1]从远处飘来
监狱。它荒着，像一家

① 恶魔岛（Alcatraz Island），约八点九万平方米，一个囚禁恶性重大囚犯的地方。在这里关过的恶徒包括芝加哥"教父"卡邦（Al Capone），杀人如麻却又天赋异禀、对鸟类极有研究的"鸟人"史特劳德（Robert Stroud）等。

倒闭的工厂。囚犯被迁到了云外

你眺望。金门大桥[1]把你挂成帆

在落日里飘，你才看清

桥的真实面目：一根纵容自杀的血管

① 金门大桥，为旧金山的标记，也是自杀者的天堂。很多人在那里跳水自杀。

Janpath 酒店[1]的老鼠

凌晨四点。挖掘声把我推醒

我屏住呼吸

某个东西想进入。某个因我——一个占据者——而出现的东西

我跺了跺脚。世界静成一座震后的山庄

但仅仅是几分钟。同样的声音

再次出现，固执，像婴孩的哭声

我开灯。挖掘声化成墙角一只嘴巴张开时大的洞

老鼠！它在黑暗里。它在我看不到的地方，静得像地底的草根

我重新躺下。关灯。挖掘声

很快又蔓延起来。像陈胜吴广领导的农民起义

别慌！我付了钱。我是房间真正的主人！

我向墙壁仍去一只鞋。世界再次静成废墟

一种恐吓后的轻松。我倒头入睡

我睡了多久？我突然感到有人在抓我头发

我摸到一截枝条般细软的东西。我醒成机场抖颤的安检！

① Janpath 酒店，为印度新德里市中心的一家酒店。

老鼠!

它为何爬到我枕上?证明它才是房间真正的主人?或相反:

它在感恩——以老鼠的方式,摸我,像蛆对待一具死尸

也许我已经死了,却浑然不知

黑暗里的老鼠一定嗅到了我身上的腐烂气息,一个庞大体制

惶恐很快变成了一个绝望的行动

一次杀戮。镇压——

一个穿制服的人

提着一包东西大摇大摆地走来。他娴熟地把它放入洞里。晨光涌入

来自阿尔巴尼亚的报告

海内存知己，天涯若比邻

中阿两国人民的友谊……

一

没有这首歌，我不会在这里：地拉那！

满地的“奔驰”穿梭没有红绿灯的大街

驴，停在街角，像迷途的游客

广场中央：一尊青铜骑士，流血流亡的原因

二

去北方途中：废弃的厂房，赶羊的男孩

去北方途中：一幢倾斜的水泥楼

没有阳台，但每扇窗都装着飞碟似的天线

终点：一个官员用苦难向西方换钱

三

灰色的巨型石棺。这是新城。它像中国的
某个新村。牛吃着垃圾箱吐出的东西
远处，水库埋没的古城钻出水面
像冤魂，像攥紧的拳头——希望工程的果实

四

毛泽东，他们说，是把伤口当桃源的疯子
他们提到一九六三年。反苏。那时我三岁
满怀饥饿和哭声展望一日两餐的前景：
用人民的血汗点亮社会主义的明灯

五

明灯化为喧嚣的市场！山顶上

新建的“美国大酒店”如灯塔闪耀

山脚：生锈的“东方红”拖着中国设计的钢厂

向唯一的前景——一座失忆博物馆——爬去！

Porto Banus ①

天鹅色的游艇依次排列在港口
个个含笑，个个矜持优雅。一张皇家合影
这是现代宫殿。神圣的私人财产
“我们是世界公民。我们持有白云的护照！”

海轻轻摇动着它们，像爱摇动着摇篮
海因这些金属的白云而显得更蓝
一个乞丐坐在那里：“我来这里
不是为了见识，而是为了汲取抢劫的勇气！”

① Porto Banus，西班牙南部的一个港口。

一生的威尼斯

一、运河

一块丝绸般光滑的皮。我舒展我自己

我喜欢贡多拉的轻抚，也爱快艇的抽打

天使白的唾沫无法点亮我深处的黑暗

二、贡多拉

不对称，像一张人脸。我，精美的棺材

每天运载来去匆忙的人影

欢乐是当下：悠然自横，像门外的鞋

三、鸽子

惊慌地从一个手掌飞到另一个手掌

我常常问自己：为何不留在同一个手上

明天，不，此刻：继续争抢广场的玉米！

四、井

一个形同火山，被死死封住的伤口
啊，谁说我会传染杀人的瘟疫
不，我纯净无比。不信，请用嘴！用嘴！

五、宫殿

橹轻轻摇成吱咯碰撞的骨头。咏叹调
渗出窗口：“你无法阻止我下沉！”
脸摇晃着破碎。没人能捞起水中的倒影

六、雾

我像海水那样抹去你想看到的细节

抹去宫殿的地板，大理石台阶，脚印……

你摸是空；不摸，是空；再摸，依旧是空

瞬间的巴黎

海——卢浮宫——让我们在咖啡里抛锚
但黄昏逼我们起程
塞纳河。十八世纪的铁桥。一个年轻女人
意味着栏杆。宫殿，塔尖，晚霞，梧桐树
整座巴黎
都簇拥着她：一个你眼里的天使，一个
我心中的圣母
突然，她像一只
包裹坠落。圣母院的钟声敲落天上的黑暗

卷五

天堂光里的生涯

走入非洲

一、星期一，内罗毕

带电的铁丝网带电的铁丝网带电的铁丝网带电的铁丝网

看守。一个或两个

带电的铁丝网带电的铁丝网带电的铁丝网带电的铁丝网

看守。一个或两个

带电的铁丝网墙别墅游泳池椰子树芒果树草坪雕塑鲜花

一个美丽的女用。黑人，石油般黑，她弯腰洗碗……

主人欧洲女人躺在吊床上看书。殖民主义史或非洲历史

带电的铁丝网带电的铁丝网带电的铁丝网带电的铁丝网

带电的铁丝网新建的银行餐厅酒吧写字楼会所商业中心……

远处，不到一公里的地方，一座住着两百万人的贫民窟

土墙铁皮木板。牛边吃着垃圾边喊。一个女人在垃圾旁

拨打手机，一个少女在垃圾旁拨打着手机，一个老男人

真理：没有手机，日子就会流产，或者就真失去了家园

带电的铁丝网带电的铁丝网带电的铁丝网带电的铁丝网

带电的铁丝网……路边，红土上，一个蹲坐的老妇她
烤着玉米。天空翻弄着黄金。她静静地坐着灰烬的耐心
她长得像昆明一个我见过的保姆。都是高原，都在海拔
一千八百米的高度。她啃着玉米，烤黑的玉米她唯一的生活
她静静坐着，盯着时而喧嚣时而空寂的大街，坑坑洼洼
的街上那些为省车费钱不辞辛劳走一小时路上班的人群
她坐着，平静，像亚洲庙里的禅意，广场上绝食的尊严
她看见我时微笑。哦，谦卑的语言。母亲受气时的表情

二、星期二，迷失

迷途找到的酒吧。为安静安装的电视。足球在飞
墙角处，瀑布用潺潺的流水牵来幽暗的竹林
你在山里。一杯酒喝着墙外行人一天的工资
桃源洞开：一沓非洲面具，或云南山里的村民

人是错乱的幻影，被梦幻大师编导：啤酒泡沫
浮出傍晚多情的海滩，巴黎满腹哀伤的酒吧
内罗毕，我是桌对面那个抽雪茄的印度男人
影片里的幽会。瞧，裸胸的混血女人甩着臀部走来

三、星期三，途中

一条新修公路。金字塔形的白色拱门
刻着红色的 China，Kenya 两字。中间：一颗展翅的心

路被路边的一个旅游纪念品商店卡住。被
动物，和镜框里一张中国党主席的照片

“你们的领导人来过这里！”店主用英语说
“不贵！不贵！”他用汉语说，嘴露出两排象牙

我女儿买了一头一尺高的木头长颈鹿

他要了五十美元。“不贵！不贵！”他笑成佛

公路插入云霄。一个被包裹拖成驴子的人

栖在墙上可口可乐的字里，被车辆溅起的尘土吞没

远处：度假村酒店。一大帮中国游客

把小卖部清扫一空，像象群待过的林子

一份当地报纸说：“中国修建的

索马里—肯尼亚公路，拿走了该工程的所有利润……”

四、星期四，莎瓦纳

一堆白骨。细看，才知是一头水牛

上面聚集着苍蝇

它和狮子的距离，是贫民窟和别墅的距离

狮子已吃饱。野狗和兀鹰也是

死亡发生在梦飞舞的时光——夜晚

但眼下是早晨。霞光飞舞

狮子正受朝圣者相机的朝拜。狮子在闪光！

五、星期五，蒙巴莎，海边

一

一段三百米长的私人海滩

一栋装铁门的海边别墅

一个可以游自由泳的泳池

一条狂吠的狗。保安的狗

一棵三人才能抱住的树

一张能够容纳两人的吊床

你独个儿坐在上面。风
把你吹成翩跹的蝴蝶，又把你
吹向古巴，吹向南亚，无处

祖国在风中没有意义。风
把你吹到天上。哦，银河
如此孤单，围着你像泡泡围着泳姿

二

穿着条游泳裤。一天。诗
在此地。不需要诗。不再
需要什么。语言澄澈，具体——

名词是海，动词是温润的
风。形容词……不需要

形容词，玫瑰或丁香的清香

也不需要连词、助词、虚词
你走着，一首血肉之诗
走着。你是亚当或夏娃。肉身

这无边的宇宙，不再是
敌人，所有动作都是瑜伽
你蜷成胎儿，首次看出海的明月

三
一本书。只读了三页。风
翻弄着它。涛声飞溅
闭眼，跑成一条海上的渔舟

远离一切。此刻还有什么

比月亮出海更为重要？神

因我面朝大海而走来：一只

不知名的鸟在啼叫，然后

漾成青石板上的足音

所有的思想都想变成耳朵

鸟鸣中大海在发紫，变黑

我苍白的皮在发紫，变黑

我缓慢阅读着自己。涛声飞溅

六、星期六，出和入，或两个世界

一

吉普在无垠的原野上飞驰

我张开双臂：啊，天堂！

“不，深渊！”原野说，

“你离开车，就会变成食品！”

二

风打开抖动银子的沙滩

我捡着贝壳。我回到了童年

一百米外的柏油路说

“踏入我，你立刻会醒来！”

三

人影。贾科梅蒂的雕塑涌来

展现我们体内的隐秘：

搂着娼妓赞美祖国的土豪

或抱着绝望疯狂杀人的贫困

四

一片棚屋。我们——家门口
被抢劫的金发男人和带相机的我
没有下车。害怕！但我的目光
停在挡风玻璃另一头的

一个掏垃圾的男孩身上
他晃动，变成天坛附近
一个屎尿流淌的公共厕所旁
坐着喝二锅头的黑衣老人

啊梦！一架嗡嗡响的直升飞机
我在非洲最大的贫民窟上
盘旋。我错失的世界浮出：
刺鼻的腥味。手指没留住的爱

七、星期天，凯伦庄园

这棵百岁的火焰树仍在燃烧。但底下的长椅已经腐烂。风掀开窗纱进入女主人曾住过十七年的房子。风穿过狭长的走廊，停在门口一张年轻的黑白照片上。“这是凯伦刚到肯尼亚时照的，当时她二十九岁……”包着头巾的姣脸，鲜活的嘴角微微翘起，深邃如夜的眼睛充满着幻想。“但不久她就发现丈夫是个花花公子，婚后一年就将梅毒传给了她……”

卧室的另一张照片上，女主人的发型已经成熟，她手支着左腮，眼帘低垂……

但他来了，另一个男人。鸡蛋花树溢出清香，她坐在长椅上，他枕着她的腿……郊游，打猎，画画，社交……哦，二十世纪！欧洲人远赴非洲，寻找财富。

凯伦！她经营的农场因咖啡市场萧条而破产……当爱情——丹尼斯——死于坠机，她告别了非洲……

一张让空房发光的照片！她扛着猎枪，被三头躺着的狮子——战利品——围着。她脸堆微笑。奇怪，她为什么戴两顶帽子。反常！就像离内罗毕五十公里的大峡谷——骑车上坡时不用踩踏板，自行车会自己飞速上滑，但下坡必须用力踩踏……反常！反地球引力说！就像热带雨林冒出一座灯红酒绿的中国城。

殖民主义在这里：一幢有泳池的别墅。我那在世界银行工作的瑞典朋友 S 住在这里。几天前他在家门口遭到四个持枪的当地人抢劫。直到他脱下手上的戒指，掏空银行的存款……

我们坐在离凯伦庄园不远的花园里。白色窗框，百年前的办公楼今天的餐厅。服务员依然是黑人。谦卑的笑。我们喝着进口啤酒，当地的咖啡，仿佛在重演《走出非洲》。

晚上，我们应邀到一个在联合国任职的丹麦人家里做客。宫殿似的别墅，高大的相思树。我们喝酒，谈论非洲的贫困与腐败。烛光抖颤，我发现精美的窗上装配着双层的铁栏。哦，恐惧！我突然明白凯伦打猎时为什么要戴两顶帽子。因为非洲的太阳……

八、星期一，告别

留下这棵你初次触摸三个人才能抱住的猴面包树

留下树上那只黑色的长尾猿，它轻盈的奔跳

留下弄醒你睡梦的日出，欢舞的黄金，你下海就簇拥你的金发裸女

留下让你仰望的低垂的星空，它在看你

留下呢语的潮水，独立海滩的白鹳，你无法进入离开就消失的底片

留下靠着海岸的渔船，它的枯瘦，它摇晃着把你带进你想象的竹林

留下每天打扫游泳池的黑人，做饭的黑人

留下飞入蚊帐孩子把它叫作蝴蝶的纺织娘，你的童年

留下让你想到上海八月的闷热，让你曲蜷成童年的午睡

留下土路上的莽草，它们在落日的余晖里交头接耳，说你是虚幻

留下白色沙滩，它不属于散步，它用脚印换取你肺里的时间

留下从上午十点一直吹到夜晚十二点钟的风，它把你吹成了飞飘的落叶

留下墙上的铁丝网，铁门，铁门后的看守，和谐需要它们的喂养

留下廉价的芒果，廉价的雕塑，廉价的劳力，廉价的生命

留下凯伦的庄园，火焰树，她用过的餐具

猎枪，卧室里的豹皮，她每天遥望的恩贡山——它不认识那金发女人

留下那条中国人修建的公路，它不会把你带往寒冷的瑞典

留下你想品尝的海胆，长刺的黑斑。它们并不想变成海味——它们

紧抓着珊瑚，如专制紧抓权力

留下那只红色的海星星。它在水底闪烁。你把它捞起，它就变暗

留下莎瓦纳，这绿色海洋，那是长颈鹿、羚羊、犀牛、大象、豹的天堂

留下你追踪豹的失望。它躲在你不知道的地方

它是你听不懂的马萨人的语言

留下你的不懂

留下

留下那副长得像中国人的面具。在这里，它是神；带走，它就变成幽灵

罗马生涯的碎片

一、教堂钟声

钟声的铁落在行人身上

行人悠然走着，观赏橱窗

钟声的铁落在鸽子身上

鸽子没飞，更敏捷地用嘴挖掘

钟声在废墟上滚动

废墟不动，渗出更大的静

雷霆在昏暗中叫喊：

“上帝死了！上帝死了！”

钟声跌入隐秘的决策

溅起缤纷的血肉。上帝活着！

二、罗马的街

一晃，两张接吻的嘴

变成一个残缺的大理石雕像

一晃，五彩缤纷的橱窗

变成一个伸手的乞丐

一晃，所有的美

都穿着短裙用高跟鞋走路

一晃，完整的你

变成镶嵌画里的碎石

一晃，所有的脸

都是指针错乱的钟盘

并为不同的观点辩护

这里没有时间

只有疯狂旋转的万花筒

一晃，披金的法老

被银光刺眼的自由女神替代

三、斗兽场

没能赶上你年轻时的狂欢，但注定弯腰

触摸你石头缝里的野草，角斗士的血肉

在台阶上静坐，猛然看见自己

在斗兽场中央吼叫着挥剑

并被一道闪电击中，变成海潮似的掌声

一座舞台。为了活，你必须学会无情

谁说“斗兽场倒塌，世界就会坍塌？”

看，世界在喧嚣：拥堵的汽车，咆哮的摩托

“殿下，我们愿为你赴死！”的喊声

回响成直升机上机枪扫射时的瓦格纳音乐

再坐一会儿吧，让目光留在名人

与野兽出没的通道，看一只猫怎样叼着耗子奔跑

四、在罗马广场的废墟上

石头注视空旷。我们的眼睛

围住它伤口的宁静。没人

能超越一头喑哑动物的命运：它

从另一个方向拖着我们，东奔

西颠。在张望中看见自身

但戒备把我们拉成距离。遥远的源头

哦子宫！庄穆的婚礼

在体内不停雀跃。仿佛害怕

蝙蝠的行踪，那划破黄昏的匕首

石头最后转身，住脚

生活于是就这样不断地告别我们

五、残缺的雕像说

我已失去了人的特征

我问自己：我还可以失去什么

从而不丧失雕像的本质？

失去手臂时我嚎啕大哭

失去腿时我泣不成声

失去生殖器时我沉默……

你为何如此久地站在这里

看我，像仰望星空

我不会，不可能改变你的生活

六、方尖塔

起初没注意它。腿上的一颗痣
但一天它像橡树一样疯长
和天地连成一体:“不朽！不朽！”

我仰头。抽象的图案飘来
鸟？太阳？心脏？秤砣？门？……
我没读懂。我走开，隐入咖啡

梦。它和哭声到来:
一把滴血的宝剑。人头
向它汇集:“我主宰着你。我是权力！”

七、万神殿前的黑衣乞丐

他弯腰在人群里移动。他擦亮阳光

阴暗的皮鞋纷纷迈着舞步跳开

落日被这黑布抹成长长的影子，抹成了夜

八、坐在四月阳台一把藤椅上晒太阳

清爽的钟声把我浇灌成一朵舒展的玫瑰

我扔下烫热的书

一轮透溢清香的金环

从我脸上扩散:“远离尼采！”

九、喷泉

我用中指顶住喷泉龙头的口子

水从顶部小孔注入我嘴

我用同样的水洗脸

烈日凉成梧桐的阴影

喷泉不像梵蒂冈博物馆

邀你进入，把你弄得

精疲力竭，然后让你离开

喷泉不会离去，只要你弯腰，用手

十、沿着台伯河散步

在古董街上打量无脸雕像

向法院门口高大的雕像招手

用目光垂钓睡在河边的乞丐

从地上捡一片梧桐叶子

然后，沿天使桥，向圣彼得教堂走去……

十一、Cafe Greco

年轻的歌德来过

流亡法国的肖邦来过

许多我一无所知的作家诗人艺术家来过

他们坐在这里

喝我正在喝的咖啡

他们也像我这样喜欢墙上的镜子吗?

我坐在这里

一个人

有时盯视墙上的镜子：苍茫的海，一只翩飞的沙鸥

十二、和三岁的儿子一起坐气球

嘈杂的地面离开了我们

树离开了我们

路细成了羊肠……

“孩子，现在可以像鹰那样看世界了！”

你似乎根本没听见我

在说什么，低着头

玩着手上的玩具火车

专注，像我端详一只降在碗里的苍蝇

十三、在维纳托大街想到死去的母亲

霞光黑成了夜。你加班——“为国争光！”

发着四十度高烧的你

听见缝纫机在欢快地哼唱

“明天，明天比蜜甜……”

鞋，带着你渗出的汗

飞往地球的另一头

另一个女人正穿着你的血汗，走入香槟晚会

十四、罗马的屋顶

鳞次栉比的瓦片，方形的烟囱，林立的天线

这是你在大街上行走时看不到的景色

这是我在七楼阳台一眼望尽的现实

或我梦里的乡愁：黄土高原，疯长的野草

梦抽成窗外的乌鸦：它昂首沿屋脊走动

像领袖在检阅。它跳上烟囱，大声演说

没人目睹它从海鸥嘴里抢走的肉

它站在高处，这招手的独裁者。云纷纷朝它涌去

十五、罗马的声音

静坐，它们就列队而来：一首钢琴
练习曲……时断时续的榔头声
比蓝天更蓝的精细的修补声——
缺了它们，罗马的魅力就会坍塌
声音里，一对男女站在街上接吻

但它们很快被摩托车的愤怒吞没
“我才是最坦诚的心跳！”
汽油味蔓成一架嗡嗡响的直升机
哦，国事访问！酒杯点亮宫殿
但警笛在无声的午夜把我扔入哭叫的地狱

十六、巴贝利尼广场上的疯子

雨天他也这样：头戴棘冠
向行人招手，呼喊，鞠躬，龇牙

行人围观，消散
像公园看猴的游客

有一次他跑到我跟前，对我龇牙
就像我酒后对着面镜子

最后一次见他，也是雨天：他伸开双臂
像巨鸟朝一辆开道的警车飞去……

此刻，写诗之时，他
重又出现，抓住我。像缠住拉奥孔的巨蛇

卷六

蓝房子

陪北岛赌

Monte Carlo，诺贝尔奖颁奖大厅对面的
赌场。我和北岛常去那里
赌之前，常坐在门口那张红沙发上

北岛又递来几首新作
一声不吭，坐在对面，二郎腿
不停抖晃

一些我读过的意象，“火焰失血”等等
一副扑克
在我面前来回洗着

我读。“胡椒皇帝愤怒”
没读懂。我读
“当完整的罪行进行时，钟表才会准时……”

没感觉。纯属信口开河。（诗
是这样的吗？）但我
仍耐着性，琢磨诗中可能的奥意

“他们好像在大理石上播种”
读到这里，我忍不住了。我站了起来
崇拜的面具破裂

“人都疯了，还有什么好像不好像的
把‘好像’拿掉!
把和妻子做爱用的安全套拿掉！”我说

北岛改了没有，我不得而知
他坐着，一声不吭
像个听汇报的老支书。哦，城府!

我们开赌。输掉三百克郎时，北岛

开始抱怨运气不好:“今天

不是赌的日子！”他很快又输掉了两百

“不能再赌了，不能再赌了！”

北岛变成一只

泄气的气球，坐着月亮的降落伞紧急着陆

我羡慕他这种识时务的才华

“天生我材必有用，千金散尽还复来！”

我用李白的诗句来勉励他

北岛是北岛。与李白无关

但即便如此，难道他

不知道写诗——创造——是一种冒险?

冒险需要胆量，胆量来之灼见
赌就是写作，对抗
死神——上帝，做西西弗这样孤绝无助的人

战争！我看到美国飞行员向广岛扔原子弹
试想一下吧，假如关键时刻
美国拿不出这一震撼全球的作品……

北岛缺的，就是原子弹
我的意思是：如果他再有
五十首《古刹》那样的诗，他也许能

“放开写！不要有顾忌！
都过四十的人了。放开写，只有
忘掉鲜花和掌声，诺贝尔奖才会拥抱你！”

我劝北岛。我希望他获奖

理由是:

一、他是朦胧诗代表。二、他在流亡

轮盘哗哗在转。我们屏住呼吸

盯着无底的深渊

哦，星星离得如此之近!

哎，怎么又……操!

但感慨又有何用。这就是所谓的

“诗思之处诗不在，诗在之处诗不思”!

你把钱押在五上，色子

偏偏停在六或四上

你押八，色子又跑到了三二

每个数字都是一首诗

通往我们向往的境界

但，这又是怎样的痛苦——色子

老停在远离你作品的地方，你

被否定。你的诗——赌注

没能像尖刀那样插入敌人的胸膛，击中

事物的本质

死神的手收走你桌上的赌注

如秋风清扫满地的落叶

放开写！向命运挑战！

把痛苦化为更大的赌注

压在一个你相信的数上！

轮盘在转
北岛的脸
在迷蒙的烟雾里模糊。他赌最后一把

“他是中国诗歌的希望
请看在五千年古老文明的面上
让他赢了吧！”

年轻的我
用皇帝祈雨的思维方式
向旋转的轮盘恳求

但轮盘是轮盘，西方人发明的游戏
我喊“停！”但它
仍欢快地旋转，像垃圾桶上的苍蝇

一阵震耳欲聋的雷声

从色子的星光里滚来:“听着，中国人

你们面对的不是体制，而是某个

更高的东西。只有当写出‘卑鄙

是卑鄙者的墓志铭’

你们才能得到你们渴求的东西！”

色子戛然停住

停在十七年后的此刻，我停在

昨日的 Monte Carlo

如今的 Adidas 鞋店门口

一双双鞋张着嘴巴在喊

想让路过的行人穿着它们走入另一个空间

洞

一个洞
他。阴影
从污水里浮出

他和我一样，十八岁开始写诗
他向往革命

革命到来。那是五月。他在广场上指挥绝食:“我们
要把自由女神
放在这里！”他对麦克风喊道

喊声最后回响成一辆向广场轧去的坦克
五月鲜花
一夜间溅成六月的鲜血。他
逃到了巴黎

他开始了流亡生涯——

给人送饭，在医院里打工，在中餐馆洗碗，夜间送报……

两年后，他

和几个海外的中国作家

被邀请到巴黎

郊外的一座城堡

饭后喝咖啡的时候

他突然脱下裤子

对着客厅的一块红波斯地毯撒尿：“说，你们

哪一个敢像我这样

在专制的脸上

呕吐？你们谁

读过比这更精彩的

诗？”他冲着满屋的人喊

那天之后

谁也没再看到他的踪影

有人说他被送进了精神病院

有人说他在法国南方的一个小镇

卧了轨

也有人说他回到了家乡……

今夜，斯德哥尔摩

开始飘雪的时候，他

再次向我走来

提着北京花园村我俩喝酒的场景——

一片雪覆盖的

诗情荡漾的田野

他停下脚步

解开裤子对着脚下白嫩的田埂撒尿

一道彩虹

欢叫着劈开天地:“我

在雪上撒了一泡尿，发现了一只——洞！”

二〇〇五年元夜的杜甫

星垂野阔。我依旧在漂泊

漂泊，我才看到“朱门酒肉臭，路有冻死骨”的现实

漂泊，我才说出“无贵贱不悲”“盗贼本王臣”的人世

长安已成为一片喧嚣的烟尘

我不再把希望寄托在某个尧舜的身上。没人

能解决我“万里悲秋常作客”的乞讨生涯

乞讨，我才落入恶斗的官场

草堂笑我所谓的“诗意栖居”——我，一个自命不凡的诗人

竟没能逃出一个“三陪小姐”的厄运：

陪宴，陪送，陪猎，像条丧家犬！

为了活，我甚至给地方官员（一个残暴的武夫）

献诗：“此曲只应天上有，人间能得几回闻。”

死亡！死亡在盯看小人们打造的金榜

船犁开沉沉黑夜。我在星空下移动

岳阳楼！你就这样和星空里的一个声音

向我走来，向我，一个两鬓斑白的病儒：“万国尽穷途”

镜中蝶

屋里响起一九八九年铁锤敲打柏林墙的声音

一只蝴蝶，一个蓝白黑构建的精美图案。它撞击着镜子

它来自何处？　个看不见的角落？门外飘雪的花园？

它在避寒。它为什么停在门厅的镜前？

它沿镜子边缘颤晃着行走。哦，走钢丝的艺人

它飞起，飞入油茶花我追捕蝴蝶的童年

它飞回。惨叫的翅膀亮出一张被强占的处女膜

锤子的声音。它撞击着镜子——它想和镜中的自我结合

等待戈多

我看见镜中的我:

一个和瑞典女人结婚，用瑞典语写诗的八十岁老头

他给《等待戈多》的作者贝克特拍过上百张肖像

它们被挂在卧室、书房和厕所的墙上

“我只有一个愿望: 死后葬在我的出生地伊斯坦布尔！”

他说，并劝照镜子的我离开瑞典，“找个温暖的地方生活！”

我们喝着他从家乡带来的薄荷酒。落日的光

洒在他黝黑的脸上。他沉默，仿佛在等待着什么

分手时，他送我一张他拍摄的贝克特戴眼镜的照片

“这是我最喜欢的一张！”

两周后，他死了，死在书桌前

头枕贝克特那张戴眼镜眼里充满疑问的照片

我参加了他的葬礼

玫瑰从我手上落到他棺盖的一瞬

空中响起他海洋般洪亮的声音:“把你用

瑞典文写的诗稿撕了，用母语写，那是你唯一的墓碑！”

生存艺术

一

傍晚。雪停了下来。我散步
墓地走来。“还是像牛那样生活吧！”墓碑说
我打量那头慢慢吃草的奶牛
我模仿它的语言：睁着大眼看世界
我沉默。这是得到牛奶的方法。血在我身后飞溅

二

“把流血的脑袋当作踢破的足球！”
我听见父亲对着喧闹的电视嘟哝
父亲死了。牛仍在野地里吃草——肉
必须照亮市场。我遗忘。成熟
我逃离的大火是这桌上温馨的烛光。没有流亡

午夜肖邦

一

于是我随幽婉的琴声飘起。一只气球
一个在城市上空滑翔的惊叹号

“你真幸运，人们用一生的时间穿越我
你只花了半小时！”街巷的迷宫说

“你享受着轻，你摆脱了争斗
但你缺少立足之地！”拥挤的车站喊道

二

十根手指敲打着琴键。琴键如铁轨蜿蜒
穿越黑暗的楼群，带走梦和焦虑

梦见我坐着马车游逛一八四八年的巴黎
血在街上奔流，化作一瓶瓶可口可乐

梦见流亡的肖邦在傍晚的海边恸哭
海滩呈现形同鲸鱼的脚印:“死于没有回声！”

三

琴声飘入另一个梦。那里城堡是朝霞
一个年轻的女人斜躺在花园里读书

“起来，乌尔里克[1]，是时候了！”
“站起来，做一名反抗体制的象征！”

① 乌尔里克·迈因霍夫（Ulrike Meinhof，一九三四—一九七六）德国记者，马克思列宁主义的红色军团（RAF）的创始人和领导人。一九七二年被捕。一九七六年五月在监狱里自杀。

阳光在她浓密长长的棕发上跳舞

阳光触摸抱着基督的圣母。未来如蓝天洞开

四

她起身。悲哀地站着。头发被剪成了麦茬

“被捕于一九七二”，照片左下方写道

“我是惊雷！”面如晓月的囚犯说

惊雷在深渊里熄灭，静成死寂的午夜

音乐在飞。音乐随月光飞入监狱

勒紧一根缠住她脖子的绳索：“这是回家。诗！”

二〇〇八年二月二十八日的屈原

太阳殷勤地给圣·马可广场倒茅台

我呕着体内的黑暗:“去故乡而就远兮，遵江夏以流亡。”

没人理我

威尼斯听不懂伟大的汉语

一条被拴着的贡多拉

呻吟着撞击渡口——它想回到宝石蓝的母语中去

祖国!

或一个镀金的阴茎顶着被圈的玉石

你说什么? 出版我的诗?

让我先删掉几首，把“暴力”改成“和谐”? —— 剑

在桌下。盛满茅台的酒杯

荡漾着母语，那令人销魂的深渊。“宁溘死而流亡兮! ”

欧洲深处

人在哪儿，已无所谓。在车站，在荒岛
或在一个低语“我就是你的家！”的酥软的怀里

我在但丁故居前驻足，低头默立
凝视脚下一个跟随的影子
“只要你与我叠在一起，天堂就会在地上打开！”

于是我在一家酒吧的咖啡里喝到龙井的滋味
并看到奥斯维辛从杯盘的撞击声里
走来:“你，黄皮肤，你不属于这里！”

是的，我将继续漂泊，触摸战争留下的废墟
不是为凭吊，而是为了忘掉最残忍的暴君——祖国

蓝房子

晴天。二十七度。波罗的海的清风
掀动着桌布，烟熏三文鱼，鲜美的土豆沙拉……
你穿着白衬衣，三个纽扣开着
风吹来，衬衣颤动成海上的船帆
我们坐着，像在一起航海。“最后几天
狄兰·托马斯[①]这疯子开始通宵达旦地喝酒，写诗
他知道自己已不可能返回自己的国家……”
你边大口喝着威士忌边说，仿佛你虚弱的心脏
从没做过手术。你那卷着俄语大舌头的英语
喷射成一座罗马喷泉，一串古罗马诗人
“卡图鲁斯很好，但维吉尔无疑是那时代最伟大的诗人……”
谦和的特朗斯特罗姆在凝神倾听
北岛，一扇你不屑一顾的中国诗歌之窗
耷拉着窗帘，像个幽闭症患者。但喷泉
在喷，根本不理游客和天气。水柱

① 狄兰·托马斯（Dylan Tomas，一九一四—一九五三），英国籍威尔士诗人。

如月色弥散:“诗，说到底，是一座
喷溅的清泉，用自身的清澈冷却外部的喧嚣
清澈是识，是孤，是傲……”
十年刀光一闪。你离开了人世。特朗斯特罗姆
瘫痪失语，和我在瑞典一起赌博的北岛
回到了祖国……而我则回到了
同样的天气，同一座花园
蓝房子！我四下张望，忽然看见你
侧躺在草上，左手撑着下巴，聆听白桦树上
一只鸣啼的杜鹃。大地托着一尊沉重的雕像！

为赫塔·缪勒而作

一个上帝遗忘的角落，角落里颤栗的苦菜花

你遍体伤痕

你是“顺我者昌，逆我者亡”的反叛者，不合伙者，局外人

你是水泥的人质

流离失所的自由，对一棵枇杷树的思恋

“对于我，那棵枇杷树是一个消失的村庄”

你是流亡，逃离祖国的绝望

你是被封杀的网站，在墙上撞出的人血

你是血腥历史的化身，水泥墙背后的词语

“对于我，恐惧比水泥进入大脑要快，你随时会被水泥吞咽！”

你是多余的哭声，人吃人的历程，挖掘痛苦的铲子

你是困惑——“沉默，我会搅和；开口，又觉得滑稽”

你是精准的语言，照见流逝时光的镜子

“我走的

是一条死路，你不应看它通向哪里，而是看它从哪里开始！”

很好，一个女人得了诺贝尔文学奖

很好，用诗的凝练写小说

很好，用神经给苦难提供皮肉和脸

很好，说羊既是羊也是狼

很好，写墙怎样杀人

很好，远离源头，做漂泊的主人

很好，用黄金塑造伤口——奶，窒息着哭声

我相信漂泊者

波罗的海的小岛。一只我叫不出名字的鸟
躺着。几只苍蝇围着它嗡嗡叮咬

我蹲下。残缺的羽翼突然朝我扇动起来：
“我相信漂泊者，那些把生活当汪洋的人！
他们用自己的孤独做桨。他们远离岸上的灯塔！”

我掀翻尸体。一群蚂蚁从翅膀下散开
“我相信候鸟。它们对根一无所知
它们迁徙的时候，听见地球发出翅膀的响声！”

我站起。一片帆从灰白色的天际飘来
“我相信穿越沙漠，并把自己埋入沙漠的人！”

雪夜听《苏武牧羊》

裸胸的少女闭眼吹箫。苏武在大雪弥天的北海牧羊

他嚼着雪，吞着野果

但他仍拄着汉廷的符节——母语——放羊

裸胸的少女深情地吹着。羊群浮成云朵

羊群说：你不能回朝廷了，为何还在荒无人烟的地方受苦？

羊群说：你母亲已死，你夫人也早已改嫁

你为何仍拒绝归附另一种文化

羊群说：朝廷的法令朝三暮四，你在为谁守节？

少女的嘴唇把自己吹成九月风中战栗的樱桃

悲凉的音乐撑开帐篷顶上的星空

瞌睡的苏武看见一只脚系帛书的大雁

飞入五月的长安。“我活着，我没死，归来鬓已白！”

但动荡在继续。免职和死刑在继续

吹箫的嘴唇忽然亮成京城的霓虹

羊群卧成积雪。苏武从音乐厅座位上站起

鼓掌:“我要继续放羊。羊群是诗歌，与敕封无关！”

卷七

爱与水

无名的非洲女人

暗如深渊的站台隐退。一个年轻的黑皮肤女人
在地铁车厢闪现。一道沙漠骤现的清泉!
我们对视。海水，皇宫……暗然闪过。“你
是日本人吗？”她问。“不，我是中国人。”
“你长得真像我的一个朋友！”啊，多好的
交谈理由，消解孤寂的良药！“我去图书馆，你呢？”
图书馆！“啊，刚好，我也去那里！”
其实我要去药房。我改变了计划。一对
桃色厚嘴唇，一双高耸的大乳。但慢，她会不会有艾……
图书馆站！我们下车。我们来不及细问
我们手拉手走出车站，向图书馆走去
我们从图书馆门前绕过。旷野向我们涌来
急救室的喘息。此刻或永不！一声内裤
撕裂的声音。然后：空白。云在自我惊讶的书上翻卷

波兰之恋

没有警察局，就不会有我俩的相遇
斯德哥尔摩阴沉的皇宫
就不会变成我们接吻的背景……我

望着窗外的雪花在想，重又看到
排在我前面的你：一朵金色云鬓。你
和我一样：延长签证。你回首莞尔一笑

没有那三小时的排队，就不会有
我们裸体演奏的《波罗乃兹》
克拉科夫和上海就不会叠成同一个雨夜

没有雨夜，我就不可能品尝你
从贫困的家乡带来的咸涩无比的
罐头肉，喝你愤怒的伏特加酒。没有

伏特加酒，你就不会在瑞典的医院
打工，上中班。而我就不会在午夜
和你做爱，梦见自己被波罗的海的波涛吞没

但你，我阴郁的梦露，你为什么
不停地抽烟，凝视那间租房的墙?
是的，我不喜欢和我亲嘴的女人抽烟

但你不抽烟，我们就不会一起长时间散步
在维斯瓦河边，在树林，在厚厚的雪上
那只大天鹅就不会向我们缓缓游来

我们交谈。用三流的英语。我们紧搂在一起
好像唯有如此才不会被空虚带走
但惨叫把我们拆成两道母语的铁壁

玛丽亚教堂的钟就这样在窗外敲响
敲落元夜，敲落满天的雪片
我们和唱诗班的歌声在烛光里飞舞

“留下吧！”你用潮湿的眼睛恳求
我站着，呆呆地，没有应答。波兰语
太苦，我返回二百年没遭战争蹂躏的瑞典语

中央广场！明丽的阳光。五月！
多年后我旧地重游。熟悉的背影，金发！
我叫你。你转身：“我不是茱莉。我叫玛丽！”

波罗的海

一

沉重的铁色。我光着身向它走去
想变成裸露的礁石——过仲夏节
看，它在等我——它在舔我的脚趾
我慢慢地走入。针，从深处扎来

二

“我素来如此！这是你的现实！”
我游动。看见冒雪向俄罗斯进军的拿破仑……
傍晚到来。帆在火红的岛屿背后
飘移。暗示另一种选择的可能

三

雾。十一月的威尼斯走来：一张
善良的圣母脸。我弯腰打捞。善
从指缝间婉转地离去。手攥得
越紧，水就流得越快。我站着观望

四

哦，我仍在水中：船碎裂的倒影
在晃，想摆脱木桩。远处：一只
海鸥。它站在一块浮冰上
打量耕耘的船只。孤独而不会变疯的方式

几乎是一首悲歌

一

一九九七年秋

上海。晚会。一见钟情。一种

回家的感觉，油条遇到豆浆的美妙

迅速脱衣。上床

然后：分手

滴淌的泪——“我等你！”

你留在了泪里。我返回落叶纷飞的瑞典

二

漫长的夜。我拿着你送我的照片写信：

“纸无法承受你的脸，只有大理石

才能够胜任。啊，东方的美！

星星般的眼睛，夜空似的披发，

飘着七月的荷塘，把凝望化成抖颤的蜻蜓”

三

天下起了雪。我再次走出屋子

信筒依然空如黑洞

电话响着你的焦躁:“你的信为何迟迟没到？”

四

宁寂。冬天的小屋

回荡起八月的海洋

我慢慢走入睁眼无法抵达的地方

五

啊，你是母语，甘美如泉

我，沙漠的旅行者，向泉水跪下

六

梦见你我的影子

沿着梧桐树的马路攀援，隐入霓虹写出的“真爱”

七

瞧，来了。你的信

我的心，生日蛋糕前的孩子

八

写得真短啊，这信！难道……

我读了一遍

又一遍，像咀嚼一只奶油话梅

回味无穷的你

让我目光转向你墙上照片

半小时！

然后，重新转向窗外越下越大的雪

九

阴天布满了恨。我给千里之外的女人写诗

我想她一定就是但丁

错失的女人。佛罗伦萨诗人想象中的天堂

十

想你了！

你一个人去西藏旅行会孤独吗?

带上英文字典也许会好一些

这里的人都会说英文

来欧洲，没有语言就等于没有家园

你那里现在是凌晨五点吧

上海醒来了吧?

你挤进颠晃的公共汽车上了吗?

昨天

我梦见我用瑞典语和你交谈

你噘嘴，转过身，厚厚的雪雾挡住我的视线……

十一

在海上的人渴望泉水

在冰雪里的人思念暴雨

你是暴雨，你是我童年喝过的泉水

十二

有许多话要说。但从何处开始?

周围的一切: 雪，漫长的夜等等，不愿被译成中文

这低垂的冷太阳

是你见过的中秋月吗?

我必须待在这里

哦，需要多少解释，孤独的心

才能坚强成星星? 一个人，才能被另一个看见?

十三

又是新年！新年的钟声和雪花一起飘荡

把树和树连在一起

但时差被我们切成两个孤魂

十四

应该如期归去。走向你，那挥之不去的牵挂

但回家被没钱推迟

电话响着误解和怀疑

我们谈什么呢？家乡变化？流亡？寂寞？

沉默

两个恨不得连成一体肉身

两个不得不分开的——心

十五

——我无法等你

——为什么?

——你离得太远，太缥缈

——但我可以……

——等是没有意义的，我不想空等……

十六

一年后，你嫁给了一个富翁

啊，假如!

没有假如

天下着雪。此刻是冬天。冬天是下雪的季节

印度女人

雨季带来印度洋的气息。我看见你坐在窗口，和你的猫
你颤成海边的树。你，一个离婚女人
你为什么不要孩子？为那只猫？或者
为你性高潮后的那声“生活变幻莫测”的哀叹？
酒店的灯光笼罩你珠穆朗玛高耸的乳房
并让我思考“探险”一词——你希望我能移居印度
你坐着，女王的脸上挂着叔本华的阴影
但你说“我喜欢你拍的照片上我那孩子的欢笑！”
你咯咯大笑——我吻着你细长精美的脖子
哦，这两腿间新雪的气息
是否就是印度洋六月的雨季？
一个快到四十的女人，一个让西方的诗歌节
向你跪下的女人，我在灰色的瑞典天空下惦念起你
你在写诗？做瑜伽？我想和你紧抱在一起，听童年的雨声

喂

桃花绽放的日子，我梦见了你：一张明丽的

桃花脸，明丽的桃花肌肤，明丽的……

你冲着我笨拙的言行露出蒙娜丽莎的笑

常常，对同一件事

我们会在同一时刻说出同一个词语

而这，或许正是我离开你的原因：你太像我母亲

我无法清数你送的衣服

只清晰记得你在台灯下帮我抄写译稿的身影

你是上帝的化身

但我离开了你，就像野兽逃离喂食的

笼子——为了在国外——瑞典——活得像自由

致一个土耳其女人

艳丽的肚皮舞让我们相遇
瀑布的节奏扭沸我冷却的血液

胯部扭得越猛，脚镯越嘹亮
你就越是亚洲，而我就越是唐诗

“我们，漂泊的浮萍，我们
结合在一起就是一个强大的东方！”

你说。我勃起。漆黑的冬夜
突然亮成尖塔支撑的八月月夜

裸露的我们在这里！伊甸园在这里！
哦，你玉兰的笑，你桂花的香！

你端来的那杯浓烈的热红茶

是土耳其浴，消解我体内的积雪

哦，你古老无私的母爱！你
随时都愿意岔大腿的伟大的奉献！

你让我在寒冷的雪夜回到三月的江南
感到我是烟雨中一只穿梭的紫燕

但，亲爱的，我们不会绵延成
长城，更不会像拜占庭帝国持久

告诉我，你为何老是人云亦云?
为何和你在一起我总是忐忑不安?

是浮萍进入了一沟死水？或渴望
变成窗外暴风中静立的橡树?

恨我吧，用你跳肚皮舞的激情——

激情已被踩踏成街上肮脏的积雪

是的，我们从不曾相识——你

从不曾听我用汉语说“I love you！”

再见，把我挂成红地毯的冬夜

再见，我听不懂的悲凉的土耳其语

露西安娜

我们是怎么认识的？在你的肖邦钢琴演奏会上？
在你刚送走你的意大利丈夫，一个富商的当天？
在我坐在树下，倾听三月鸟鸣的时候？
或在我聆听鸟鸣之前，也就是，在我走在空荡的街上
考虑如何度过自己第三十六个春天的中午？
你出现了。从背后：一个影子。它与我的影子
重叠，像水乳，变成一声明亮的“今天阳光真好！”
但我很快发现，你更喜欢黑暗——你总让我
待在你拉着窗帘的卧室里，让你长长的金发
散出中国南方的稻田，吞没我。而我，饥饿的性欲
常借着酒精的力量把你耕耘成湿漉的土地
整整一年，我们消磨着彼此的孤独。我几乎觉得
我就是你一边与我做爱，一边和他打长途的
意大利男人：“亲爱的，没有你，生活会黯淡无光！”

看女人的十一种方式

一

成千上万的动物

唯有女人的声音像一道闪光的流水

二

我的器官是屋顶上

耸立的天线

欲望和口红喜欢在那里云聚

三

女人在车上化妆

那是一出悲剧的脚本

四

她并不知道自己究竟喜爱什么

猫的爪子

还是墙角的蜘蛛

雪落在城里，也落在乡村

五

雪上的书写，反抗的激情

它们在晨光到来时消失

假如某处有火

那一定是悲哀，或女人的歌声

六

红辣椒在黑暗里喷溅泡沫

雪鱼在黑暗里喷溅泡沫

子弹飞入时它们震荡

并呈现同样的色彩：雪白的星光

七

我熟知女高音的火焰

和海水拍岸的节奏

我的血参与着所有性爱活动

八

她登上十月傍晚的长城

“我爱长城！”她说

“它像一条奔腾的红河

但它更像我被染成火焰的发丝。”

九

烟缸旁争辩的女人

是一朵不再散发清香的花

十

假如她的气息

爽如七月的大海

我会为轰炸睡眠的蚊子献血

十一

天使的歌声已静

河流冻成了冰

晨光将再次到来

带血的白床单掀翻维纳斯诞生时的泡沫

来自床的报告

床单:

被洗成扑扇的白蝶。怕

再被弄脏，但，但仍渴望温暖

摩擦我的

皮，才能证明我存在的价值。啊，谁在说“痒”？

皮:

痒！无法思考身在何处。需求是上帝

所以我说:“请进，最好铁一样硬！”

创造是谋杀

我被撕开。随一阵飓风而去

我看到废墟上的雪，美如童年的家乡

枕头:

床是大海。缺了它

无法梦游: 把子弹当作飞鱼，或梁上的飞燕

大海是我。看，沉重的叹息向我沉坠

皮：

刀刃般快

我不问来者是谁。闭眼是

福！我等待蝴蝶穿越我的身体，一座深锁的宫殿

寂静：

这片大家共享的水域：野兽的

狂舞，蚊蝇的欢唱。但手

继续在插入——打捞

月亮。手在哆嗦——月亮在天上

床单：

无法逃脱。我必须

静躺，像等船耕犁的水面

我的责任重大：把相互噬咬的躯体领出漫长的黑夜

被子：

我收藏气息。啊，理解生活！

鱼腥味、香水和蒜味，我一视同仁

我笑狐臭捅出的那股揪心的怨气："当初你为何骗我！"

皮：

用嘴摸。牡蛎鲜艳的蓝

是散发靴子恶臭的奶酪

静让我完整

尽管化脓的伤口依旧粉刺般红

痛恨自己又做这剥皮的牲口。悲还是喜，我属于你！

床单：

殷红的血

在流。我不吭声。习惯！

暗自发笑——那三个被用烂的词已被哼哼声替代

枕头说：

骚动已过。理性与疯狂

坍在一起，变成同一个梦——烧焦的树林

向天空呼喊：

“下吧，下吧，不管雨是铁，只要我能重新变绿！”

寂静：

亲爱的伤口，你不会

像猪那样死去——忍

将继续踏雪

呕吐健忘，呼喊酒醒后的

陌生名字：“杀人，才能喝到宇宙的奶！”

被子：

理解他们为什么把我蹬开，但不懂

我为什么仍在覆盖

名是命。覆盖

是我的天职

瞧，我又和流汗的人皮厮混。超然，像粪上的雪花

皮：

我谁也不爱

汗水越流

我就越远离自己，和我所在的空间

自由是我：一个被钉住的飞翔。十字架诞生于我舒展的一刻

为花园的积雪而写

被房墙挡着，你才活到今天
发硬，不再有飘落时的
娇嫩。一张变粗的青春的皮
铺开一个孤老女人的悲哀。你

望着我，无可奈何地。你
是第几场雪？我无法说出
第九和第七场雪的差异
冷，叠在一起。指针返回十二

我来回踩着。用前天的姿势
但你几乎无动于衷——你
不再发出悦耳的呻吟
或吟歌。模糊的脚印。哦厌倦！

让我们回到第一场雪，回到

流逝的时光：那时我边踩
边喊，并欣喜地望着
天鹅白地面呈现的镣铐状的诗行

你也在唱，像潮湿的海滩
对着一对光脚。仿佛只有
这样，你的坠落才有意义
“看，生命在裹尸布上签署合同！”

爱琴海

凝神之际，你随钢琴的旋律
飞来。一尊大理石雕像！
然后是你的名字：海伦
我们的手很快交织在一起
火焰。特洛伊战争围住我们

哦，还有什么语言比这自然！

不用词语。用手。互相
确认。直到我血里的兵马俑
占据你腿间的神庙。我们
并肩向前。爱琴海翻涌
解释着“合而不同”的奥义

哦，还有什么语言比这热烈！

你突然泪水盈眶，偎着我
如暴雨后贴向大地的牡丹
“到处是敌人！”你说。我懂——
和我一样，你的爱人，孩子
正从天上投来锋利的目光

哦，还有什么语言比这坦诚！

“然后我们分手——同而不合！”
“然后我们就是石头的维纳斯
和她那只无法找回的手臂！”
“然后，然后你继续做你的
东正教十字。我意淫庄子的梦蝶……”

在大西洋岸边，或对话

不是我进入你，是十字军东征

不是颠晃。是顺应，改变，改变思维模式

不是嘴对着嘴

是尊重，理解，交流，合作，发展

不是舔，或仅只是摸，是多样性，多元化。是市场

不是抽搐，呻吟

是“九一一事件”，战争！

让我继续骑在你身上？

为什么不追求更多的人权，更多的公正，更多的尊严？

不是性高潮。是全球化浪潮！

不是身体蜷成了问号

是解体，发现：不可一致，无法和谐

让我们再紧抱在一起吧

让彼此的厌倦再变成欲望的福音，同一个梦，同……

偷情

孤岛。松林。一个貌似圣母的女权主义者
弯腰，世界缩成她采集的一朵蒲公英

我贴着她。从背后。一只甲虫贴着
另一只甲虫。爱，征服，或两者皆是

我抽动一下，她就呻吟一声。破冰船
在海上耕耘，不，是指甲在撕开结盖的伤口

紧张，怕岛上一个快满五十的陶艺人
他在开花的花园坐着，看见我们，招手

他善如耶稣。他请我们喝茶。我们谈论
死亡。“我喜欢庄子击缶而歌的逍遥！”他说

陶罐列成一排孕妇的肚子。他的灵魂

在飞。“塑造黑洞时，我发现了手！”

他捏泥巴，泥巴露出地球的形状

他不停地在重复某部影片一个父亲

从监狱窗口触摸女儿脸庞的动作。“他怕做爱！”

我突然想起上星期和她约会时她说的话

在山下

弯腰是必然

不是书上的澄江似练。而是一条蜿蜒的灰

蹲下，把脸凑近这条被我眼睛照亮的柔软

无法辨析的气息

开窗随风扑面的春色

一条滚动的河。浪花翻滚着切碎的肉

手插进河里。凉!

但空气几乎夏意盎然

鸟声如醉

抬头，山一步走来:“你触到了欢乐之源！”

手在水中，像木桩。水珠飞溅

我这是中流砥柱吗?

山腰处: 城堡的废墟，或一只翅膀断折的鹰

它无法像我这样俯身

它多像隐入山峰仇视女人的尼采

我在山脚。山顶的雪

围着我发白的手。为了不断地，不断地开花

逃亡曲，或爱

金黄的火焰搂着秋天夕阳一棵甩动金发的白桦
我抚摸她。我说她身上的伤痕是明瓷的青花
月下舞弄唐诗的竹林！

金黄的火焰，金黄的爱，她很快打开地狱
那是五月，她用花粉的长城
把我锁在屋里，让我躺成震塌的房屋

金黄的火焰搂着秋天夕阳一棵甩动金发的白桦
她在壁炉里呜咽
一场病让她变成了干柴。真快！

仿佛我一直在等待这一刻的到来：静坐与默想
仿佛她一直在等待这一刻的到来：燃烧与毁灭
这样你才会爱上冬天，宽恕五月！

金黄的火焰搂着秋天夕阳一棵甩动金发的白桦

被切开的童年的西瓜照亮雪夜的瑞典

照亮所有欢爱的时光：触摸与弄暗

金黄的火焰暗成圣赫勒拿岛上拿破仑被囚的野心——

不再发光但仍在燃烧。你

用手扇动，灰烬就升腾成旭日。啊，不朽的灰烬！

废墟上的猫

它蹲在废墟上（比趴在沙发上迷人）
一个幽灵。我停下。这是她的
目的或提醒：无论我在哪里
它都是终点，一个我围着旋转的圆心

哦，神秘的厌世者，它已看透世界
它静同陨石。只有非洲的沙漠
才能够装下她那星空一样的沉默
它看着我，用两颗加深黑暗的恒星

啊，美，谁能说出你深奥的思想？
围着你不停嗡嗡飞舞的苍蝇
难道被你听成了我的耳朵里的肖邦？

是的，我摸过你，抱着你晒过太阳

但现在我远远地躲着——害怕你

接近，害怕废墟露出我所有做爱的时光

死海

从表面上看，这片海

　　　与其他的海并没有什么差异：一泓

微笑的蓝，等待你的进入。她的浮力

是许多人追求的幸福：在柔软上躺着，阅读自己

很多人用她深处的淤泥抹身，虔诚，像祈祷的病人

我那长癣的脚痒得厉害。我走入水中

我浮起，像废墟的墙上一只移动的蜥蜴

没人潜泳，因为这样眼睛会流泪——肉体

过于脆弱，经不住深处最最温柔的一击

我庆幸进入了她——由于蒸发，这海将不复存在

但我，我的身体，在这里总斜成小时候练习本上的“人”

而荡漾——张开双臂——又让我变成“大”

自然就像婴儿霸占母亲的乳房。失控的叫

让我学会如何背对我置身的世界——只有面朝天空

眼睛才不会受伤，流泪。我发现：只要嘴对着海

俯卧，人就会失去平衡。我刚尝过深渊的滋味。我在流泪

摩洛哥女人

这翻滚的白浪是你，一个阿拉伯女人的激情吗?
我无法回到古代的灵丹。吃了这么多肉，我不再知道人是什么

错轨！进入你！听，圣歌正从你嘴唇流出：
“我是海洛因，我要让你灵魂出窍，让你坠入深渊！”

我浑身战栗，眼前一片空白。饥渴又怎能分辨蛆和腐肉
你吞没我，用沙漠一样热的子宫，用红海的神秘

“我要麻醉你，让我们不再争辩宗教和信仰！”
自由和家都在此刻：一只被蜘蛛捕获的飞蛾

病毒般传染的孤独的快感。哦，有什么比战栗更现实?
你，酥软的肉体，你让我找到另一个我：一条只想待在腐尸上的蛆

朗诵没说出的

湖面的暖风吹着你干枯的金发
你仰头，闭着眼睛。你在祈祷?

衰老的女人，今晚我要操你
你乳房，两只无人问津的贵妃梨
随着我诗句的节奏在颤。我

没赶上你的春天，但绝不能错失
你的秋天——果子比花朵珍贵

是的，我有个年轻美貌的妻子
但她没有你的孤独。你的脸
露出我母亲临终时床上的绝望

没有人像你这样虔诚，把我钉成
十字架上那具用死布道的肉体

我放走坐在你身边的少女——她
太像天使。我挽留了你，用酒
把你锁在被诗人用脏的月色里

今晚没人会爱你，除了我。我
想进入瞬间的惊讶，永恒的回忆

西藏女人

吻她下身的时候想到了

手抓羊排

她仰面躺着，静似窗外的高原

火车经过时变得更为宁静的雪山

我吻着。钻井开发石油

三十岁的女人

溢出十三岁少女的羞涩

她爱过吗?

“我丈夫住在另一个城市！”

一双仰望流星的

孩子的眼睛

一双刀逼近时仍凝视草的

绵羊的眼睛

欧洲没有这种眼神

上海北京广州深圳不会有这种眼神

青藏高原！我在你怀里

光脚在走

我，是每走几步

都要趴在地上的朝圣者！

无数盏喘息的酥油灯

围住我

我如果住脚，西藏就立即会消失

给一个离婚者

妻子死了。庄子击缶而歌。他发现了生
一个扶起影子的人倒在了地上
你看见大鸟从树上飞起
你见过那东西：好美，鸟巢！你走在婚姻的途中……

现在你又开始沉湎于爱情的旧道具：海边，落日
你吃着鱼：“为什么我爱的人，偏偏都……”
苍蝇围着桌子歌唱着打转
它不知道我们希望它离得越远越好

哭吧，你不会变得比现在聪明
不再吃鱼？
你看见远处的孤舟，朝天晃荡的自由。鱼骨透溢着星光

获诺奖诗人的女儿

假如我是只墙上的蜥蜴，那么，今天
我们是否会有共同的孩子？我的流亡
是否就不会变成海洋历险，而是回家
我无法知道。谁会知道二十年后的事

你刚毅的脸，你和你父亲一样的表情
投下阴影。它让我感到我爱的不是你
而是你父亲的名望。“啊，看，他在
钻营！”每次和你接吻，每次进入你

都像攀爬一把插入天庭的阶梯。而我
却只想用自己的翅膀翱翔。你深爱着
用你脆弱的女中音，并怪怨我的背叛

孤舟被海浪击碎。我变成漂浮的木屑……

但今天，恩怨只剩下一缕浅淡的幻景：

你我裸着，在台灯下朗读我新写的诗

卷八

家

给洗礼后的西梦

两种文化的血聚成你：西梦，西方梦
你父亲那代人的信仰：月，是西方的圆

它灯塔般闪耀。把一条条青春的船
领入西寻故乡的风暴，毁灭……

你出现了，神奇的锚！我抱着你
像白纸抱着黑字。你教会我聆听哭声

哦，你也在漂泊！听，不同的语言
在你哭声里撞成无边的海洋。你也是船

启蒙时辰

A

一手翻着《圣经》，一手抱着你: 两周的生命
你在哭:“太初是词”
不，太初是你: 一张我手掌大的
青红的脸。它
在说话。一个盛开的O。教堂唱诗班的沉醉
嗷——啊——呀——哇
一支巴赫没写出的曲子
你扑扇四肢。想飞?
歌声骤然变成喘息，翻转的乌龟，一句
我无法读懂的《圣经》。我搂着哭声。我是哭声的父亲

B

你压在我身上。我不动。怕哭声再次雷鸣

臭烘烘的雾

裹着我。屎

在腐蚀你娇嫩的皮。但我纹丝不动

你睁开眼，随即又闭上

仿佛我这个人并不存在

十字架压着我。我躺成沙滩。阳光多么温暖!

C

边哭，边蹬腿

用嘴，用你的脸

拱我，拱我的胸。但这里没奶!

你哭，你拼命地拱

这里没你

寻找的东西!

你继续拱着，哭着。这里没有!

拱吧，用大海的激情

给冷漠的岸写一首诗

D

那么，你到底是什么?

肉身？语言？天使?

你哭时，像人

你笑时，像天使

你看我时，像陌生的语言

两个月过去了

我停止了对你的思考

你拉屎，我换尿布

你夜间哭叫，我醒成白昼

你睁眼看我

我醉成父亲

说，还有什么比这神圣?

E

他们说你像中国人

你憨笑

露出我被海关扣押时的脸

他们说你是混血

你蹬腿

像一只肚子朝上的甲虫

他们说……

你合上眼帘

平静，像莲花座上的观音

F

你枕着我手臂

三个月的小脸

露出一个三十岁女人的笑

两个小时过去了

你依然没睡

看我，看四周的墙

我没有时间这样陪你

我还有别的事要做

云在天上旅行，黄叶纷飞

你枕着我的手臂

像花枕着树枝

并喃喃呢语

仿佛为了延长这宁静的一刻

仿佛为了分享

我一个人看秋月的孤独

G

你来到世上快要四个月了

他们都说你眼睛的颜色

因遗传

很快会变

于是每隔一小时

我就看你一眼，怕你

眼睛里的碧海

突然枯竭，变成沙漠，或黄土高原

H

教堂与寺庙

西方与东方

连接它们的，是你的哭声

月亮在你

哭声里上升

我抱了你两小时的手

还抱着你

月光

湿成你眼泪

你妈妈不在

她的奶

不在。你舔着

我粗硬的拇指，舔着，睡去

I

为了你的哭

我只好把熟悉的风景再看一遍：

白桦林放火的落日

守护红木屋的松树……

当我们拐入格林兄弟大街

童车里的你

已合上了眼睛

带着你奶奶停尸房里的表情

J

睡梦中，你用手指

在脸上划出一道血痕

并抽泣了一下

展厅里，一幅油画

用血色勾出一个单身女人的酒杯

K

光着屁股在爬，从厕所

爬到厨房

爬到阳台，把地上那颗玻璃弹子

含在嘴里

像含奶头:“妈妈！妈妈！”

爬，在一摊积水前停下
抓里面的倒影：“妈妈！妈妈！”
凝视，露出恐惧
又爬了两步
你“哇”的一声站起
摇晃着向我——你的父亲
奔来，不知道那影子仍跟在后面

L

“看，月亮！”
我指着空中的中秋月说
“月亮是漂泊着的灵魂，我忧伤的原因……”
你好像听懂了我的话
把小手挥动成来回摆动的钟摆

M

烤焦的面包黑云坠落

你咀嚼湿土。你哭

我开灯:“看，灯！”

你停止了哭

但很快又哭了起来

我不停地开灯，关灯

你死死地盯着灯泡

像赌徒盯着轮盘上

转动的色子

我突然找到了上帝诞生的秘密

N

市场屏息

大厅里，不朽在等待诺贝尔文学奖的公布

我推着你在远离权力的森林里散步

落叶飞舞

你不停地在笑。你

读懂了不朽：围着父亲和女儿跳舞的金色贺卡

O

童车推倒金水桥时，你停止了哭

华表，石狮，国旗，人群，持枪的士兵涌来

你被潮水冲成江心的小船

唉，我们不该在此

你应该在宁静的湖边

但你镇定自若（像泥里的枯叶）

你望着天空

突然，你欢跳起来。一只纸鸟，在飞

P

雨在街上奔跑。你触摸玻璃

你不知道那是界限

外面：雨，欢跑的车辆

你急切地摸着玻璃

水珠像秋千一样跳闪

你忽然哭着叫我

你想出去，与暴雨结为一体

Q

车轮绕着环形公路在转

兀鹰绕着死尸在转

我围着你转——血围着心脏在转

我必须围着你转

月亮离不开地球。所有关于月亮的诗篇

R

一个朋友救狗死了。死了，少了份孤独

一个妻子把丈夫杀了。轮回的新闻

母亲死了，死于癌症。死了，了结了呻吟

九一一那天，人从摩天楼里往外跳

我震惊，但很快恢复平静。多平庸的电影镜头！

但此刻我热泪盈眶——你

用红肿的膝盖在爬，捡我

掉在地上的唐诗:“DADA，DADADADADA……”你举起书

S

你被一双粗糙的手抱着。你不吭声

你被一双温柔的手抱着。你不吭声

你被一双龌龊的手抱着。你不吭声

香火云绕的佛庙在打量一张张同样的脸

T

我把你搂抱在怀里

那枯瘦的黑男孩在电视里看你

你冲他憨笑

黑男孩转眼变成了尸骨

你呀呀呢语

我紧搂着你

直到觉得抱着的不是

肉身，而是一块坚硬的石头

U

孩子，我在陌生的语言里寻找故乡

并习惯了独自在星空下喝酒

但此刻，当月光溢满酒杯

我捧着你的小脸，像整容者捧着一面镜子

V

一个刚满周岁的孩子在卡特哥废墟上摇晃地走着

他的前方：海水簇拥的夕阳

他没看见

他摸着高过头顶的荒草

他不知道罗马人把这里烧成了灰烬

他不知道他父亲

曾对着圆明园废墟上的一台相机挥拳……

他在荒草上移动。像一头吃草绵羊

夕阳沉坠。我听见横在地上的石柱嘟哝：

“我们不再是栋梁，我们是躺在海边晒太阳的游客！”

W

睡吧，孩子，你眼前的一切：大海，苍蝇等等

还将出现

手，你父亲的手

还将按在你胸口

摇着你，像大海摇着船只

你的嘴为什么张着

像一个对着枪口高喊口号的英雄。你喑哑无声

X

你把你摘下的红果放入嘴中

然后拿出来塞到我嘴里

我突然想起我一生还没遇到过真正的禅师

Y

他们给你套上银色外衣

你喜形于色

你不知道那是星光

他们给你戴蜡烛燃烧的桂冠

你神色庄严

你不知道你是光明女神

你突然哭着把桂冠

扔在地上

你好像在说：有人曾这样对抗圣旨

Z

我去幼儿园接你

金发堆里的你——乌发

躲在一棵松树后面

我看见我体内拒绝用瑞典文写出的汉语经验

看，唐朝来了

——给三岁的女儿

看，唐朝来了。唐朝穿着圣诞老人的衣服来了！

他送你一件红丝绸裹着的礼物。你屏息

他送你一件银丝绸裹着的礼物。你睁大眼睛

他送你一件金丝绸裹着的礼物。你张大嘴巴

你小心打开红丝绸包装的礼物：一块玉

两行正楷："嫁得瞿塘家，朝朝误妾期"

你打开银丝绸包装的礼物：一面铜镜

两行隶书："商女不知亡国恨，隔江犹唱后庭花……"

你打开金丝绸包着的礼物：一匹唐三彩马

甲骨文："但见泪痕湿，不知心恨谁。"你噘起了嘴

情人节为女儿而写

雪。敞开的花园。我
站在街对面的车旁，等着送你上幼儿园
不是牛郎，望着银河对岸的织女
不是十二枝玫瑰簇拥一个将赴刑场的死囚

不是站在音乐厅门口
等一个迟迟不到的公主。不是！
不是月夜。而是此刻，这里，灰色早晨
红与黑——你和搀着你的母亲出现

大地闪耀。大地说：我无需
再挥霍玫瑰和昂贵的时光
大地说：我不用再取悦冷酷的冬天
黑色泥土领着一朵鲜红的玫瑰如旭日走来

第四十七个圣诞节

——给西蒙和维拉

许多个圣诞夜，我都独自一人——

拿着酒瓶，面朝墙上的镜子

“我就是那人！”我吼道

在漆黑的寒夜。直到十字架上的痛

被我——灵魂的孤独——喝掉

并呕吐成黎明窗上的霞光

以后——三十六岁后，每逢圣诞

我就去沙漠，或阳光如火的海边

舒展四肢，和落日一起飞越

呈现雪上脚印的沙滩。哦世界真轻！

但，但此刻我像石雕一样坐着

看你们边唱歌边围着圣诞树跳舞

彩花，灯烛，精美的甜饼

闪晃出一个星空笼罩的马厩

黑夜真美，我觉得自己时而

是桌上的烛光，时而是待拆的礼物

斯德哥尔摩的鸳鸯火锅

初一

雪停止给生活添加佐料。火锅哼起一首思乡民歌

"这是鸳鸯火锅

但也叫阴阳火锅，吃了可以滋阴壮阳……"

我向对面的妻子解释。她微笑

"这清白的，叫三鲜

这血红的，叫麻辣。"

"我不吃辣的！"她说

"我不吃辣的！"

"我不吃辣的！"

八岁儿子和三岁女儿跟着说

OK。选择自由

你们可以吃不辣的，没人强迫你们一定要说汉语

同一个锅，两种语言
就像东西文明
霸占地球两边

一种恼人的感觉：同床异梦
一对鸳鸯不能彼此证明对方的悲喜
我的意思是：怎样与不吃麻辣的人分享麻辣的滋味？

消除界限？把它们混在一起？
但这样一来就不再是阴阳
而是秦始皇的一统天下。专制！
这样，厌恶血色的妻子
就会绝食；惧怕麻辣的孩子就会号啕大哭

顾不上这些了。顾不上这些了。我把一块辣锅里的肉

塞到嘴里

“不用回国了！不用回国了！中国

就在这里！

中国，就是这只纵情欢唱的火锅！”

我往嘴里又塞了一块猪肉

当然，中国还有别的，比如长城。但现在

中国就是这只散发太阳热的

火锅

就是这让我发热发麻沉醉管它春夏与秋冬的冒烟的

太极图

“我们井水不犯河水。”

妻子冒出一句

我如梦初醒。我手上血红的勺子

正朝清汤伸去

烟雾浮出金发碧眼、瞠目结舌的小孩

哦，你们要和我谈西方人权?

但我冷静了下来。这热锅

不是中国。它是麻

和辣

吃了让你，一个中国人，觉得自己永远，而且仅仅是

一只贪吃的胃

来，尝尝这个！这是豆腐，中国的奶酪

不吃?

中国的豆腐是最好吃的！

不吃？不喜欢，但这个，这个叫

鸭血

中国人，尤其中国女人个个都爱吃鸭血
它是补血佳品，有“液体肉”之称，适合
发育儿童、孕妇或哺乳期妇女。此外具有利肠通便……

你说什么？恶心？
OK。那么腐乳和芝麻酱
你们至少应该来一些，要不然……
你皱眉。你也不要。你说什么，气味怪异？脏？
像极权的果实——腐败？

OK。选择自由。我们现在是在一个民主国家。但
我必须告诉你们
如果在中国你们
也这样，那么，你们不是侮辱
五千年的中国文化
也至少会挫伤中国人精细如丝的情感

井水不犯河水

他们吃着鳕鱼

我咀嚼从麻辣世界里打捞上来的牛肚。像品味一首古诗

雪，又下了起来

雪天吃火锅多美！火锅

远远胜过油腻的法国菜单调的瑞典菜驰名的意大利馅饼日本寿司

“这是什么？”

女儿

突然用走调的汉语问。她用叉子

指着盘子里的年糕

“这是你，你哥哥，和你妈妈无法理解的中国！”

结婚九周年

相遇的一瞬依旧美好：你
买了我刚出的诗集，在地铁里读它
错过了站。而我

就坐在错误的出口处——广场。你
认出了我，走上来让我签名。随后——你我就合成了姻缘

我们幸福吗？好像是！
但好几次，我们决定分手——“该说的
都已说完！”
你后悔与中国男人结合
“我的话，你似乎一点都不懂！”你躺在床上抱怨

雪下了又化。儿子用过的雪橇
女儿坐着
她像一个童话在歌唱

是的，除了孩子，世上没有别的东西
能捆绑我们。我的手
没戴戒指。你也是
但我们都记得交换戒指的一瞬：
三月的一天。中午。罗马米开朗基罗设计的广场上面

鲜花，香槟……它们
进入一本如今已积着一层灰尘的相册
九年！河水
流成了你眼角的皱纹
你开始抱怨你胖了
我开始怪怨窗外的天气。“这里太冷！”
并梦见与西湖的一朵荷花做爱

街上的雪露出床单上精液的悲哀
你踩着它们

我也是。这是继续旅行的前提。但前方是什么?

我们默默地走着

该说的似乎都已经说完

但分手，那最好就像现在这样——

岔路，你吻了三岁的女儿一下

吻了我一下，然后

向车站快速走去

而我，拖着女儿坐着的雪橇，继续朝着父亲的责任……

在一起

一瓶白葡萄酒，蟹……

是的，应该还有玫瑰，新买的戒指

但没有。我们谁都没戴戒指

十年！漫长就像中国的“文革”

我们早该分手。但果实

仍在寒风里枝杈上抖颤

哦，习惯！接吻，但不再打颤

多不容易

两位几乎天天争斗的语言

仍泡在同一瓶酒中，享受无言

屋里飘荡的不再是我喜爱的海顿、巴赫

而是两个孩子的叫声

他们在争看自己爱看的电视节目

宁静远离我们

离婚的朋友和自由远离我们

我们随时可以变成他们

但我们

坐在，围着磨损的饭桌，像兄妹

并静静掰着蟹腿

让断裂的枝杈声把我们拍打成无知的海水

夜曲

让我陪你们一会儿，孩子，就五分钟！
你们说什么？如果我愿意？
你们已不需要我。至少是今晚
你们能自己对付妖怪，爆炸声，禽流感……

我曾彻夜陪着你们，在你们还不会说话
还不知道什么是禽流感的时候
坐在你们枕边，讲《丑小鸭》，讲《皇帝的新衣》……
更多的时候我只是闭眼——想进入你们的梦

就五分钟，孩子，让我陪你们一会儿
让我享受酒窖里的酒的幻想
这是宴席和情人不能带来的恬静
就像你们枕边的床灯，你们轻声的呼吸

窗外，嫩芽已长成了绿叶

绿叶背后的街景已难以看见

我只能靠耳朵来数经过的行人

他们的脚步如此焦灼，就像被窝里来回翻身的你们

没有你们

没有你们

马路不会缺少什么，但屋子会显得太静，太空

没有你们

睡眠不会像屋里的镜子

我不会到处遇到我以外的我，比我更重要的影子

没有你们

我或许会写出更多的诗

但一定缺少天使哭喊的分量

没有你们，没有你们

我不会体悟“好”这个汉字

也就是此刻：一个女孩

握着一个男孩的手从草坪上走过

草坪，女孩和男孩

地球因月亮和太阳而潮起潮落，而旋转不息

卷九

敞开与关闭的门

方位

我的正前方：礁石（它们露着冰川的痕迹）

礁石的前方：波光，波罗的海。海的尽头：几片闪亮的帆

帆的上空，也是我的上方：一只盘旋飞的海鸥

它在叫，像是为了坐着的我，也像是为了远去的船

我坐着，在一个没被地图标注的地方：一个

一平方公里的小岛。它的风比丽江清爽两倍。它的静也是

我的后面：松林，一栋红色的木屋

我拿着一瓶德国啤酒，两片三明治。我望着前方

我看不到的地方是中国，我的出生地。它如此的远

它的白酒昨天还在和我做爱：“把你的肝献给封建的人际关系！”

我回到了孤岛，一个人，穿着条短裤

这里不需要包房，忠义，有皮没心的美女，茅台，鱼翅

简单的食物，它让嘴咀嚼出礁石的水声：

“再袒露一些，像礁石那样，你才能活得像人！”

这里讲孔子是荒谬的！这里说汉语是荒谬的！

这里只能用瑞典语来呈现你汉语的肉身：Jag är mitt eget hemland！[1]

① 瑞典语，意为：我是自己的祖国。

姿势

在丽江我也这样坐着，久久地望着云天

一个下午，让书自膝盖滑落

我也这样仰头。啼叫的黑鹂（在丽江是云）

把我抬到天上。蜘蛛网是闪光的街巷

在丽江我也这样站着。望着流水

手指粗的鱼，以及逆流而行的抗争

站着。松树抱风长啸。云

匆忙迁徙。站着。像生了根。突然的星空

沙子岛[1]，或天上人间

一、没有篱笆的花园

不是我心目中的树。但我面对它
“粗糙了一些！”我找来锯子
三小时，繁枝瘦成了盆景。明天
我会离开这里。树会讲述肢解它的中国人

二、礁石上的树

像草书的“云”，也像抽象画里的佛
它露在外面，扭曲，伤痕累累
它缺少柳树的妩媚。海风吹来
它发出骨头相撞的声音，废墟的呻吟

① 沙子岛（Sandhamn），斯德哥尔摩的一座岛屿，也是度假胜地。

三、林中小路

它一直伸向大海，露出青筋般爆出的

树根，网。你被绊倒。你辨不清

它们的关系。它们缠在一起。这些树

大小不同，高低不一。但都在风中吟咏

四、松林

这里住着王维的诗。但没有鸣蝉

情人的肉体溢出老婆愉悦的呻吟

哦，她为何用香水浇今晚的云鬓？

嗅着。看见母亲在远去的站台上垂泪

五、路边玫瑰

弄弯直射的阳光，在门外裸露自己
谁都嗅它。醉心的芬芳！它没有
瓶中玫瑰的矜持。它跳着摇头舞
没它，我不会住脚，忘记自己正走在半路

六、码头

一九〇四年变法失败的康有为在此站过
二〇〇四年和当地女人结婚的李笠在此坐过
前者赞过的风景压着后者喘息的睡眠——
礁石隐入潮水，把“流亡”写成了“大同”

波罗的海如西湖荡漾

“我爱这里，这傍晚的时辰，划着独木舟……”
你用中文对我说。你无法用同样的语言
对你丈夫、你的婆婆和公公这样说。他们不懂

你抿嘴笑，没听懂婆婆说：“她什么也听
不懂。我儿子从网上找了一只明代瓷瓶。”
你没听懂公公说：“何时才能和谐文化差异？”

你笑不露齿。鞠躬，给沙发上的婆婆端去一杯
苹果汁。但婆婆摇头，说这不是她要的饮料
你鞠躬。你握着婚礼闪光的水晶酒杯

转身向我：“和你说中文真让人感到亲切！”
是的，我的杭州新娘，这仅只是开始
眼下是夏天，然后就是阴郁的秋天，然后……

这里没有荷花，宝塔被水倒置成教堂的塔尖

哦，这是一首被译成瑞典语的的柳永的词吗?

我看见水中一只起伏的脑袋，笨拙，像岸上的天鹅

发现

四年前搬到这里的时候我种下了它
在南方，它现在应该长到我身体的高度
但它仍只有半米。和四年前一样
周围的草已长到了它的高度
不留心，你很难发现它的存在。它抽缩着

此刻，当我坐在六月的阳光里，当我
放下书，茫然四顾。我看到了它：刀般的叶子
它头上那些高脚杯似的玲珑花朵
变成了绿叶；左侧那些娇艳的牡丹
已全无踪影。它在欢舞。雪天，它也是如此

雪天里的天鹅

雪地里它是一团雪。但它不在那里
是家禽，此刻一定在笼中
它在黑暗的水域上滑行
倒影把它拖成高傲的岛屿

岸上它没倒影——更真实的生活
岸上它不可能这样散步
它和岸保持距离。水
保存了深渊给它的礼物：问号的倒影

时差

这里的中午露出远方的黄昏
我给女儿换尿布
另一个我
在给上海的春天买天使之吻
我除草
他的手正伸进月色的秦淮
响作杜牧的哀号

那里的夏，映出这里的春
兰铃，丁香，罂粟，玫瑰
我选择的花园
比另一座冷，比另一座静
荷塘无法笑出野草莓的甜
但蚊子把这里与那里
织成同一个夜。文字喝血成诗

另一个我

你洗着昨夜客人留下的脏碗——社交成果

你倾听叮当的碗声，觉得它们

比人的声音更美。“一个人多好！”

你望着窗外的飞雪，觉得自己在飘

战争新闻从收音机涌出，想跟随你留在空中

但教堂钟声把它们冲洗得一干二净

雪，是那些被炸碎的孩子！你觉得

你继续洗着客人留下的脏碗

听着叮当的碗声

但现在——五分钟后，你说：雪，带来了白雪公主

水沿着你的手流入碗池

翻起泡沫，在地铁穿梭的人影

你站着不动。像窗外

独自举着夏天的云杉。空盘发出古刹风铃的声响

我不会一个人喝白酒

里面有朋友，或空无一人

里面有无数张脸，或只是面具一副

里面有水边林下茅庐

但我必须走入北极光下的积雪

星空。两行自生自灭的脚印

远离迷魂的酒香

也远离花间独酌的李白

是的，我不爱喝酒香里的抒情

我怕干完“对酒当歌”

又举起“今朝有酒今朝醉”的沉沦

我不想成为注重养生的嵇康

我也不想做躲进东篱

借酒浇愁的陶潜

我在二十一世纪的欧洲

端着杯威士忌。它黑似汉语的深渊

今夜，不喝白酒

我就是波罗的海海边

完整的孤独

喝，就是“醉里吴音相媚好”的轻浮

上海来访

一

斯德哥尔摩的一座花园。我五十一岁的哥哥坐在那里

“刚才，两只梅花鹿站在苹果树下

它们看见我，便一溜烟地跑了。”他说，“像做梦一样！”

二

我们坐在褪色的长椅上，讲着家乡话

一种在厨房里和母亲谈做菜的感觉。我们谈到

两年前死去的父亲，七年前去世的母亲。苹果在阳光下变红

三

现在他回到了上海，骑着车穿越钢筋水泥大楼

我坐在他坐过的地方，打量自己住了四年的小屋

苹果在风中跌落，静躺在地上，仿佛它们从未在树上待过

一个人的仲夏节

荷兰的天空黑了。但瑞典的天空亮着
田野被飞行撕成黑亮的湖泊，我孩子的眼睛

刚才我还在阿姆斯特丹的运河里穿行
教堂塔尖，含情脉脉的墙面，桥，自行车……

我多想变成拱桥上那辆黑自行车
它拥有两个方向。但它静静地偎着桥栏

它不知道什么是祖国。它没有“刚才”
刚才，刚才我在一个国际诗歌节酒杯的碰撞里！

岛。松林。木房。它们围着彩柱

边跳边唱:“我要在北欧生活，死去！”

我在云里。怕飞机坠毁。我闭上眼睛

所有的呼吸都想立刻触及大地，变成归鸟

在白夜的天空下

苹果树下，紫红色的杜鹃花旁
一头小鹿正喝着池水
我清晨看书的藤椅汇聚着晚霞

哦，你拥有了陶渊明的采菊东篱，你说，你还要什么？

我看见三岁女儿（长得像她的聪慧的祖母）
抱着一条布做的海豚酣睡
她在海底遨游——她脸上露出微笑

我翻览《庄子》。我打开酒柜。你还要什么？

你出版了六本用瑞典文写的诗集
你换了护照。你获了奖
变成了一个你梦中的你。你惊讶

但为此而感到自豪。你还要什么?

花园门口，停着一辆蔚蓝色小车

只要你坐入，它就会与你展翅高飞

但你站着，像丢了魂，你需要一杯烈酒

你想与你的金发妻子离婚?

我望着天空。我什么也不需要

但仍像二十年前刚到这里时那样心慌

我不知道更好的生活是否躲开了我。天空正渐渐转暗

月是故乡明

月亮抱着我哭泣的童年上升
但我平静——月亮底下
无非是切割月光的钢筋水泥楼
挤在地铁里的盲目的手脚

摩天楼里，画砖头气球的艺术家
并不存在
地铁里，忽然睁眼张望的梦
并不存在

茅台——被长城上的落日统一成独醉的星空
并不存在
用五斗米稿费让陶渊明变成色情小说的杂志
并不存在
霓虹灯下，把芬芳典当给寒夜的花朵
并不存在

故宫，母亲的墓，把黄金摸成皇帝的 KTV 小姐

并不存在

它们挽着李白的月亮

返回了唐朝

我走得更远

我在北欧，种着菊花，望着大海

康有为寄自瑞典的一封信

帆向波罗的海金色的尽头飘去
失败，让我进入我梦见但没触到的世界
打坐的木屋，松林，我穿着拖鞋穿行

这里没有围墙和装铁栅栏的窗户
草和树在共享着阳光——树
投下阴影的地方，蓝莓在跳艳丽的脱衣舞

“大同！”野蜂画着地球轨迹嘟哝
“大同！”梳理青草和我发丝的风低语
海触摸我，用它触摸礁石的方式。人舒展成大

孤岛

西湖没这景色。西湖不会结冰，并披着白雪
一幅点墨山水打开明瓷上的松林雪意

夏天我来过这里：几株松树。没有碑刻
或哺乳伤感的凉亭。我跳入清凉的水中……

但此刻水不再荡漾。冰。恋爱已过。桥
显得有点多余：一条长长的手臂，婚后仍控制孩子的母亲

眼睛只好四顾。划痕！难以辨识的
象形字，杂乱像某一个自杀者死前的思绪

终于，孤独之王——太阳——走出灰云
湖艳似腐尸。溜冰者在飞转。像焦灼的苍蝇

色子的六面，或诗

一

五月的花园。我在走。绿草，黄花
蜗牛让我慢行。但蝴蝶叫我奔跑
鸟揪住我耳朵:“春天更要小心！”
飞，在赞美翅膀的时候也赞美着子弹

二

七月的荒野。我在走。蛇和蜈蚣
在走。荆棘刺着我。我嘟哝:“荒野！”
我等待乌鸦。荆棘纵横。一只鹳
飞来。静让巴赫的教堂飞成“逃亡曲”

三

十月的森林。我在走。看树。哦这棵
与那棵不同，与另一棵又不一样
秋波凝成伤口。那是白桦的谜
草被践踏时笑。它们抖动身上的露珠

四

积雪的车站。我默立。我是乘客
盯视远方，车来的方向。但更多时候
端详远遁的铁轨，留在那里的烟屁
低调的慰藉:“没有我们，你会更加孤独！”

五

废墟！它曾是家庭，家具，瓷器，油画
壁炉……但现在是垃圾。我在上面
踩踏，星空辽阔起来。我弯下身
一张残缺的照片喊道:“生活是俯首！”

六

我俯首。挖。一只烟头露出所有等车的
脸。它们彼此不同。像树。有的
想飞成蝴蝶，但变成了蜗牛。开花的
荒野，拍打翅膀的花园。蛇和蜈蚣在走

燕子，燕窝

一

两张弱小的翅膀在揪一条巨大的灰龙——公路
这里曾是农舍。迷途！误把公路
当作横梁。或相反：把内心的惶恐扇成火焰

惶恐挡不住前进的速度。它坠地，翻滚
刚升起一尺，又被撞倒。被压成灰烬
我从灰烬上驶过。我在公路上。被速度所驱使

二

罗马五月的黄昏。燕子穿梭着编织晚霞
尖叫，就像网络论坛一首无人跟应的诗作
天黑下来。它们飞入瓦片的缝隙，挤成中国的民工

突然——凝神之际——一只海鸥叼着一只燕子
从屋顶上升。哦，撕破天宇的阴阳符号！
小小的候鸟拼命扇动羽翼，直到在昏暗中消失

三

法国南部。我因一个人在燕子的天空下散步
而感到满足。我在一座古老的院子前停下
低矮的屋顶！三只燕子从一只巢里飞出。燕窝！

与做汤的燕窝无关。但我一直把它们当作是
同类，就像我把自己看作是燕子，把祖国
看作是燕窝，就像封建君主视“草民”为“公民”

四

在南亚一座岛上旅行。金丝燕叼着捕来的小鱼
用唾液粘接一块峭壁。尖叫。“那是它的巢！”
导游嘻嘻一笑，“当然也是圣药，适合各种虚症……”

一次回国终于让我尝到了燕窝，或者说：传统
“你一定要吃这里的特色菜！”一张佛脸说
回家就是吃。但吃了一口，我舌头就被腥味封住……

敞开与关闭的门

推门已为时太晚。门露出本质：墙！

慌张。整个的我都在屋里：下午必须交的稿子，将到的电话……

我不在此刻。我在多年前的一个春夜

被一个不爱我的女人拒绝："你是个好人……"

反省：这是更换衣服时出现的正常现象

或者：钥匙老放兜里所以忘记了它的存在

但门有一颗报复的心，它让我变成热锅上的蚂蚁

我必须在开锁人到来前消磨这下午！

我围着屋子走动（就像卫星环绕地球）

窗关着。厕所的窗也是。梯子已无济于事！

一条小路从远处走来。我冬天路过的冰海

闪现：一片六月阳光里舞动宝石蓝的火焰："我始终在等你！"

梨形池塘

像一个被挖过的墓穴

走近，真相显现：一只梨形池塘

我被池塘一个凸出的东西吸引：一只发黑的青铜蟾蜍

它在喷水，描述一颗流星的轨迹

它的嘴发亮，就像圣彼得教堂那只不停被游客触摸的脚

我俯身。一个鬼魂（没有五官

模糊，像一切激情）

它和云片缠在一起。飘。一个俯身才能看到的世界

但我不可能永远这样蹲着

池塘不会留下我驻脚的时间

尽管用手触弄，它就冒出深处的语言——水泡

我起身。黑暗中的脸也随即消失。池塘浮出让星星膨胀的夜

绿铁丝网

搬入时，花园的建造者，已死了整整三十年。

时值初夏，沙棘叶繁枝茂，洋溢着中国新贵的骄横。你不小心用手碰它，手就会被它双齿锯弄出血来。一个刺的帝国！

两米高的绿铁丝网同时也围着隐士的喜悦：这是我的天地！它挡住了行人和车辆。它也遮住了我的隐私，秋千，躺椅，罂粟，垃圾箱……精致的绿铁丝网已有一百年历史。冬天变灰，春天吐翠，秋天露出指甲大的血色红果。冬天……一个下雪的黄昏，当我刚扔下厚厚的《世界史》，它朝我走来

举着一串血色的头颅："读我，读你无法改变的轮回之书！"

六年！我多次想摆脱它——它挡住了我的视线。但我老被一个太阳般强大的声音拦住："学老庄，顺其自然！"

此刻，在我搬迁之前，在我仍是房子主人的时候，我决定清除这刺的帝国。

我戴上一双厚实的手套，用铲子挖它的根。沙棘紧攥住土壤，像一个不愿消亡的习俗。倒下的一瞬，它对我的脸猛刺了一下，留下一群蚊子叮咬的红肿的斑块。

整座花园和房子露了出来。我露了出来，像众目下扒光了衣服。两个世界——里和外——在天空下汇融，如海洋和海洋。被沙棘遮蔽的十字路拖着一条嗅垃圾的狗和一个拄拐杖的老人从天际闪现……

两座森林

它们控制着我的散步，这两座森林！

一座在屋子的前面，一座在屋子的后面

我习惯在前面的那座散步

我熟悉那里的一切。走神，也能听见脚下

静夜的书写声，那抵抗虚无的活动

但现在我走入后面的那座

白桦，枫树……和离弃的那座一样

唯一不同的是那条灌木掩映的小路

它陡峭，布满锋利的石块

我攀爬，我膝盖的骨头响成风暴中断折的枝杈

绿

它们贴得如此的近，松树与白桦
并在温暖的风中唱着同一首歌
你不会去想针叶与宽叶的
差别。绿荫投下可口可乐的清爽

雪飘落。一个发黄，一个变黑
凋零的白桦树露出你忽略的伤口
雪在你耳边低语：白桦的绿
并不是松针的绿。此外，一切就像爱情本身

世界公民

雪下着北欧人的表情，我看见江南的雨
雨中开花的伞，小笼包的桑拿浴蒸汽
我和一个金发女人共进早餐。她将她父亲的早晨
抹成面包上的黄油。我吃着童年的泡饭

《二泉映月》的旋律从泡饭的玉里飘起
把雪国化成黑瓦上欢跳的雨珠
雨珠里外婆洗菜的背影，叹息：
年轻时，谁都是天气的主人；老了，谁都是根的奴隶！

雪天听阿兰胡埃斯

这支星空似的曲子无法拯救一生
但能拯救关键的一瞬，比如：跳楼

我曾在一个四月的夜晚听这曲子
孤独变得强大，像一头冲撞红布的猛牛

我曾在暴雨中听这曲子
血涌成大海，我想拥抱所有的女人

此刻它和月光再次涌来，我的心
一热，但随即又凉成窗外发黑的积雪

让肉体燃烧的爱——星光似的雪片
多容易飘坠，并变成绊脚的麻木的雪块

被雪攥住的风景

我打开窗。寒冷和白色的世界涌来:
雪的门梯，雪的长椅，雪的果树，雪的灌木……
乌鸦叫喊着盘飞。花园展开: 一幅抽象阴阳图

你羡慕它的壮观。你恨自己是人
不能像植物那样享受上帝的唾沫
你甚至想变成树桩（它像博物馆里的一尊雕塑)

关闭的房屋溢着寺庙一个和尚打坐的静
一个三岁的男孩用雪橇推开屋门:
“世界是只奶油蛋糕，我们就住在里面！”

“和谐！”乌鸦拖着故宫的黄昏在飞
这里有一种死囚等着奇迹的焦渴
有人在弹肖邦。乌鸦叫喊着向河对岸的墓园飞去

冬天的经验

一

“壁炉的火灭了！”大脑出现这几个字。冷
忽然猛刺膝盖
鹅毛大雪忽然扑打窗子

一分钟前好像没长膝盖。但雪早已飘落
多容易呵，说冷是火引起的
而火则在一旁轻声低语：壁炉是客厅的心

二

雪盗走初雪的妖娆。“我讨厌雪。我需要
春天！”滑雪归来的她说
但雪依旧在飘……

是，这不是第一场雪，但又好像是

你迷眼，像早晨对着厕所的镜子

啊，初恋与结婚有孩子的生活是多么的不同！

三

阳光在外面展示初雪的妩媚

但你不想出去。你知道羽绒柔软的表层下

是冰。容易摔倒

地球发出你做爱时的喘息

门突然被一只枝上奔跳的麻雀打开

你走出去。不再看地上的脚印。蝴蝶从路的另一头飞来

我的花粉过敏史

积雪又一次变成黄花。鸟鸣啼。但出门眼睛就红肿……

躺着，翻身，喘气

向空气挥拳？向一个你离开就会毁灭的体制？

白桦！我想起二十年前与它相遇的情景：

久久地凝望，轻抚，拥抱，直到我梦中的形象甩动起金黄的火焰

四月随温暖的阳光到来。我躺在白桦树下。睡去

醒来忽然浑身发热，哆嗦

蒸桑拿没用——人依然发热；出汗没用——浑身仍哆嗦不止

"白桦树是导致你花粉过敏的原因！"医生说

白桦？这怎么可能？！但相信科学还是相信美学？

躲避白桦！就像没有护照的非洲难民躲避欧盟的警察

但在白桦帝国，无论如何转身，你都会撞上白桦的影子

瞧，两棵，二十来米高，站在我新搬入的屋子的门口……

同样的窗口。我站着。和往年一样
墙角的玉兰捧出一只只晶亮的高脚杯。野蜂在那里畅饮
我隔着窗玻璃观望——出门
就会流泪，或更糟：打喷嚏
我站在屋里来回打转，像笼子里面的豹

站着，久久地。三年过去
一片阳光照亮的酥软的草坪！我躺在上面。我在水面上泛舟
但很快——突然——浑身发热。感冒了？

“草是导致你过敏的原因，尤其是刚割过的草！”
躲避草坪！
但出门，一股浓似北欧女人下身的气息
就将我围住

啊，草坪！我浑身乏力。像输了血。我打喷嚏

草坪。白桦。同样的窗口。我像七年前那样站着

积雪变成黄花。鸟鸣啼。肉体待着的地方，灵魂已厌倦停留
把白桦替换成柳树?
我打喷嚏——斯德哥尔摩的雪绽放成北京的黄花
白杨在春风里叫喊:“你在你命里。我是你拼命想躲避的白桦和草坪！”

在人群中

顺着黑色箭头的路标行走。圣马可广场!

到处是面具: 在水边, 在桥头, 在船上, 在狭长的巷子, 在橱窗, 在酒吧

在教堂门口: 眉慈目善的神父, 凶神恶煞的蒙面人面目

红衣护身的女妖振翅欲飞的天使……我揉了揉眼睛。到处是空房

到处是喊声与歌声。面具开花

一个中年妇女坐下, 让一个小伙子画自己的脸

很快, 皱纹绽成一朵鲜红的玫瑰。她照镜子。欣喜微笑

一个中年男子坐在女人刚坐的地方。一把中世纪的剑很快从他的脸上拔出

我揉了揉眼睛: 一个穿名牌长得像佛像的亚洲人朝地上吐了一口痰

我在上海。十字路口。广告牌下, 巨大的面具汽车在雾霾里飞奔

面具！少女排队（如东莞夜总会等待挑选的小姐）在脸上画蝴蝶

画花朵，画骷髅，画十字，画抽象的图案：“没有面具，就没有狂欢！”

面具！瓷的纸的玻璃的塑料的华丽简朴矜持夸张戏剧的……

它们涌向广场（像欲望涌向名利）

两个头插五彩鸟羽的南美洲印第安射手在一百米高的钟楼前默立

一副海蓝色面具。它被一把孔雀毛做的扇子遮掩。十几只相机同时对准它

快门子弹般飞，但面具镇定自若，摆着

该摆的姿势。像样板戏里的某个场景。哦，是男？是女？是悲？是喜？

面具默不作声。抢银行的眼睛在背后闪烁。没人走上前去掀掉那面具

终于——犹豫之后，我让画脸谱的女人在我脸上画了个阴阳符号。我

轻似落叶地飘入十万人形成的汹涌的海洋

我是十八世纪走向圣马可广场的某个孤独的王公。化妆舞会和歌剧

蜂拥而至:“我无法脱下面具。它是我生命的一部分。它是我的天堂和地狱！”

天黑了下来。我来到狂欢节抵达不到的地方：一个离狂欢一千米的画廊

那里正在举行小型诗歌朗诵

我戴着纸做的黑面具敲门。门吱的一声打开。是劳拉!

“李笠，你终于来了！”

“你怎么一下子就认出了我？”

“只有异乡人，才会戴面具来这里！”

沙巴的萤火虫

它们没飞成唐诗里的流萤

它们也没飞成托斯卡纳橄榄树下的秋夜

它们点缀着树冠，像钻石

它们在最黑的黑里——没有黑暗，它们无法显现自己

你打开手电，它们就会消失。像晨光里的梦

我们坐在船上，听见到萤火虫在喘气：活在当下！出名！

一周长的生命，它们知道黑暗的秘密

有一阵我几乎把它们当作了星星

但幸好，星星

就在上面，在这些小生命

无法想象的高度，或确切地说，在我无法想象的高度

另一种诺奖

诺奖颁发的时候我正在蒸房里枯坐
看见梦照亮的魔术：一只狼变成闪光的礼服

闭眼。醉眠松下的隐士是我吗？
不用做特殊表情。不用应酬
露珠在皮上滚动，不住地。我是清晨的草坪

皮撕开词与词之间的关系：爱与哀
它们是花叶
一本《简明奥义书》。阴茎

垂向自身，展现地狱门口的沉思者
这是无声的盛宴：打量疮疤，进入狂喜

特朗斯特罗姆在倾听

门打开。他坐在书房——轮椅上——等我
他获诺贝尔奖以前曾这样坐着
他获诺贝尔奖之后仍这样坐着
一尊坐佛。一块怀抱隐喻的陨石
他在倾听。他听到聋哑的墙另一头的拼杀与叫喊
轮椅，钢琴，用了大半辈子的家具
簇拥着他——生活并没有改变。他微笑。倾听
当我们开始喝酒的时候，他猛地呛了起来
他睁大眼睛（像怕被风暴吹空的灵魂）
“这里，”我说，“我遇到了一个幽灵，我的
女友，一个二十年前学哲学的金发美人
现在成了一个信奉上帝的忧伤的白毛女……”
他仰天大笑，眼睛溢出星光，但
他很快垂下了头，像十字架上的耶稣
街上的脚步涌入屋子，将我们围住
想进入我们沉默的默契。我听见

钢琴在哼唱:“自由存在，有人拒绝下跪！”

但大师已经入睡。他看见轮椅

随家具飞离房间。一颗渗血的心在欢跳的波浪里沉浮

雪白

雪落在一座松林掩映的修道院上

讨论“言论自由”的会议在这里已开了两天

发言者个个衣冠楚楚

女的个个如花似玉——她们是公司代表

她们谈着与落后国家做生意的经验:“边赚钱，边讲人权……”

雪落进池塘，黑成池水

雪飞入阴沟。飞向各个角落。资本在追逐利润

雪花飘出 S 玲珑的脸

“我挣钱时用安全套！”她说，

“但有时也不用，尤其在没钱挣或遇到领导的时候！”

妥协！或确切地说，外交！

S 长得像某个电影明星。她三个月前死了，死于职业

松林发白。积雪越来越厚

一群放学回家的女孩在雪地叫喊着奔跳。像喜鹊！

图书在版编目（CIP）数据

雪的供词 / 李笠 著. -- 北京 ：作家出版社，2015. 12
ISBN 978-7-5063-8460-5

Ⅰ. ①雪… Ⅱ. ①李… Ⅲ. ①诗集 – 中国 – 当代
Ⅳ. ①I227

中国版本图书馆CIP数据核字（2015）第276598号

雪的供词——李笠诗选

作　　者：李　笠
责任编辑：懿　翎
装帧设计：孙惟静
出版发行：作家出版社
社　　址：北京农展馆南里10号　　　邮　　编：100125
电话传真：86-10-65930756（出版发行部）
86-10-65004079（总编室）
86-10-65015116（邮购部）
E-mail:zuojia@zuojia.net.cn
http://www.haozuojia.com（作家在线）
印　　刷：中煤（北京）印务有限公司
成品尺寸：142 × 210
字　　数：237千
印　　张：12.75
版　　次：2015年12月第1版
印　　次：2015年12月第1次印刷
ISBN　978-7-5063-8460-5
定　　价：45.00元